笭菁——著

該是開心的登山旅遊，
最後卻被困在這間詭異的屋子，
外頭風聲鶴唳，裡面的我們
卻一個個「被」消失……

【都市傳説系列】特典：詭屋

楔子

『7月5日

大家都死了！完全不知道為什麼，這間屋子像是會吃人一樣的把大家都殺了！

我不知道多少人能看到這篇日記，不管未來我們發生什麼事，我只想把發生的一切紀錄下來！

這明明只是一場簡單的登山旅遊，我們卻困在了山裡，我仔細回想，那天遇到的老伯，說不定根本不是人！

現在我們被困在這間屋子裡，外頭的風聲聽上去鬼哭狼號，偶爾有人在外面尖叫，還有數不清的手瘋狂的刮著玻璃窗，他們想要進來，而我們想要出去，但是卻出不去了！

我們闖進了別人家，或許根本不知道是不是真的屋子，但現在大門完全打不開，沒有一扇門窗能有生路，手機沒有訊號，屋子裡唯一的電話線也都斷了，同學們一個接一個的慘死，然後消失。

真的是消失，就算血花四濺也不存在屍首，這間屋子裡有什麼，或者說……這間屋子是活著的！

已經不知道過了多久，但我們剩下沒幾個人了，絕望與恐懼籠罩著我們，誰也不知道……誰是下一個？

早知道就不要來了！我好後悔主辦了這個活動，我不知道這會不會是我最後一篇日記，我只想讓世人知道，我們在這裡究竟發生了什麼事！還有，在山裡，不要跟不認識的人走，因為你永遠不能判斷他、是、什、麼！」

第一章

斷掉的湯匙

大學生的暑假，一向過得很糜爛，畢竟沒有暑假作業、還長達三個月，每個人幾乎都玩翻了！當然不外乎也有努力工作或是努力補習的人，很遺憾偏偏我不是。

暑假過後我就是大四生了，因爲不打算升學，所以有一種很快要變成社會人士的感慨！社會是另一個比學生時代更可怕的牢籠，一旦踏入沒有意外要工作到六、七十歲爲止，鎭日爲自己的人生負責、賺錢養活自己，有時想到這層就覺得有點可怕。

要好的學長姊也在今年畢業了，大家之前在校時本來就很要好，所以我趁大學最後一個暑假，舉辦一場半個月的小旅遊，登山環湖的健行行程，成員都是我最麻吉的朋友們！

我把行程赤條條寫清楚，不是登山、就是要自行車環保護區，其他時候得自行騎機車繞西半部一圈，想攜家帶眷的拜託不要帶累贅來啊！

我習慣把話說在前面，省得到後面有人累了、走不動了在那邊機機車車，誰帶的人誰負責，要嘛就自動終止行程自行帶開，要嘛就繼續行程但不能拖累大家。

大家都幾歲了，一起出遊還得負擔他人行程未免太累。

地點約在大學的輕軌站旁，是個大家都熟悉又有寬大腹地的地方。

身爲主辦的我當然最早到，還特地挑一處有陰影的地方，省得還沒出發就中暑，而我最要好的兄弟猴仔自然跟我一道，早早就來陪我了。

當我們一同錯愕的看著從輕軌站內走出的婀娜身影時，我覺得我一定認得那女人，但還是得揉揉眼睛，深怕自己看錯了。

「明仔！你們這麼早喔！」女子穿著一字領露肩平口膨袖上衣加上短熱褲，腳上還蹬了雙露趾高跟涼鞋，我們看了不禁瞠目結舌。

「哇靠！明仔，你沒跟學姐說我們是要去『登山』的嗎？」猴仔忍不住低喃。

「有、有講啊……」我目瞪口呆的看著瓊儀學姐走了近，「廢話，我不是都寫在LINE裡了嗎？」

瓊儀學姐穿得時髦火辣，她從以前開始就走時尚派，高挑身材纖細，但問題是——我們是要去登山健走的耶！

「學姐早，那個……我們這趟去要健行、登山加騎車耶！妳穿這樣怎麼玩啊？」我看著她把沉重的行李袋往地上一扔。

「噯呀，放心啦！學姐我都可以踩高跟鞋忠孝東路走九遍了，登山算什麼！」

瓊儀學姐一派輕鬆自然，「好啦，我當然有準備運動鞋啊！安啦安啦！」
「是、是喔……」我一點都不覺得安心，「確定厚？萬一扭到就麻煩了啦！」
「哪會！」瓊儀學姐嘖了一聲，彷彿在說我小瞧了她。
接著她左顧右盼，發現現場只有三個人，略皺了眉。
「學姐今天也來得很早啊，吃早餐沒？」猴仔靈活的立即上前，幫學姐提過行李，「先到走廊上的椅子坐一下！等大家集合吧！」
「好吧！」瓊儀學姐拉開行李袋，我一點都不想問裡面到底裝了什麼。
猴仔回身時朝我挑眉，噗哧偷笑，我只能聳肩，不然我能怎樣？瓊儀學姐從以前就是這個樣子，非常愛打扮，時下最流行的元素在她身上都找得到，妝容絕對精緻，認識這麼久以來我還沒看過她素顏，以前登山時也一樣！我都很佩服她不知道用哪牌的化妝品，妝完全不會花。
在我們這票學弟妹心裡，她就是女王般的存在，個性是有點嬌縱，但基本上還是開朗派的好相處。
瓊儀學姐坐上走廊裡的椅子，從容的從包包裡拿出她隨身攜帶的環保餐具，她的早餐是粥哩！看起來她今天心情還不錯，倒是放心許多，因為就在畢業前……她跟耀承學長分手了。

交往四年，大家以爲會繼續走下去的情人們居然分手了！聽說是耀承學長提出的，異常堅定，而性子剛烈的學姐鬧得不可開交，事情最後怎麼落幕的也沒人清楚，只知道確實分了手，而那陣子的學姐非常低落，原本大家以爲會影響到她期末考，只怕難以畢業……不過幸好，她最終是取得畢業證書了。

「喂，明仔！」猴子突然湊耳，「跟你坦白一件事。」

我心底一寒，皺起眉看著猴仔，「你這麼誠懇絕對沒好事，你幹了什麼？」

「呃……就那個耀承學長會來……」

「啥米!?」我大叫一聲，跳了起來，正在吃早餐的瓊儀學姐瞪大了眼睛看向我，「沒事沒事……學姐妳慢慢吃！」

沒事才怪啊！我連忙把猴仔往偏僻處拖，離學姐越遠越好！

「學長什麼時候說要來的？名單上沒有他啊！」我可是主辦人，我怎麼不知道這件事？「我們總共就六個人，他突然跑來是怎樣!?」

他們分手才兩個月，誰會把這對怨偶湊在一起啊！

「我不知道啊，是明雪找學長來的。」猴仔一臉無辜樣，「昨天晚上明雪跟我說的……」

「明雪？明雪跟你說？那爲什麼我不知道？」我一掌擊向天靈蓋，讓我死了吧！

我該知道猴仔暗戀明雪多久了！誰叫她是我們班班花！個性活潑明快又貼心，長得眞的很漂亮，超～多人在追她，可是她偏偏可以大學三年保持單身，還能讓一堆男人爲她做牛做馬，完全是個厲害角色！

所以這次出遊，猴仔會找明雪是天經地義，他喜歡她嘛，我當然也不會多說什麼，問題是——聽說讓耀承學長跟瓊儀學姐分手的主因，就是明雪啊！

該不會是因爲明雪要來，所以學長也要來吧？以男女朋友而言這倒沒什麼奇怪，但總該有個好心人提醒一下——瓊儀學姐、學長的前女友也會來啊！

而且我是主辦人，就沒人跟我打聲招呼嗎？

在瓊儀學姐眼中，明雪就是橫刀奪愛、學長是負心漢，現在這三個人同框，這是登山之遊還是愛恨情仇啊？

「我早知道就不要叫明雪！」我咬緊牙關低咒著，就是在罵猴仔！「當初你要叫明雪時我是不是說過？萬一學姐跟明雪打起來怎麼辦？」

「可是明雪跟我們也很好啊，你不揪她說不過去吧！」猴仔總是能找上一堆藉口。

「你少來這套，我知道你無論如何都會叫明雪來！」我用力深呼吸，「我想

說不同台車就沒事，問題是……學長是來湊什麼熱鬧啊！」

猴仔一臉無辜，「我也不希望學長來啊，你知道我喜歡明……」

我跟猴仔還沒煩惱完，一台機車果然由遠而近的駛來，明顯雙載，我聽引擎聲就知道是耀承學長的車子，頭跟著疼了起來。

「早安！」明雪朗聲的在車上揮手打招呼，「明仔！猴仔！」

「早……」猴仔開心的揮著手，看著騎士心裡多少不是滋味。

機車在我面前停下，耀承學長戴全罩式安全帽，那頂帽子說有多酷炫就有多酷炫，完全就是耍帥第一名。

「早啊，明仔！」學長往上推開罩子，然後明雪輕快的跳下車。

我實在說不出話，沒好氣的看著他搖頭，瓊儀學姐都已經站起來，瞠目結舌的看向他們了！

「瓊儀學姐，妳先聽我說！我真的不知道學長會來，妳也知道名單的！」我劈里啪啦開始解釋，希望可以掌握數秒的黃金時間阻止大戰發生，「妳也知道猴仔喜歡明雪，但我真的不知道明雪也叫學長來……」

我急得語無倫次，瓊儀學姐連理都懶得理我，輕輕把我往旁邊一推，逕自就走上前去了！

「哈囉！早安！」瓊儀學姐驀地衝著走來的一對男女，綻開了開朗的笑容。

「瓊儀學姐！早！」明雪竟然也回以甜甜的微笑。

而站在一旁的耀承學長，很勉強的擠出一絲笑容，完全應付式的打招呼。

「妳就一個背包喔？」瓊儀學姐很好奇的看著明雪身上的大包包。

「對啊，我這個人就懶！」明雪視線落在瓊儀的腳上，「學姐，這樣會受傷啦！」

「放心，我有帶鞋子啦！」瓊儀學姐笑吟吟的，「這當然是拍照時的裝備啊！」

「厚！那就好！」明雪還鬆了一口氣。

哇、塞！我今天總算親眼見到女人是什麼生物了！雖然我沒參與分手風暴，但用腳趾甲想都知道，鬧得有多不愉快，大家都說耀承學長分手是爲了明雪，就瓊儀學姐那個性沒撲上去已屬奇蹟，如果現在手邊有菜刀，說不定已經開戰了！

結果這會兒，這兩個女生居然閒話家常的笑著聊天!?女人的世界太難懂了，我自嘆弗如啊……

「別的不說，學姐妳這雙鞋子眞的好看，看起來就不難走，多少錢啊？哪裡買的？」

「有眼光，前高後高走起來一點都不累！」學姐邊說邊直接把明雪拉到身邊坐下。「我跟妳說喔，就在S百貨後面的巷子裡啊……」

我眼珠子差點沒掉下來，這兩個女人還手勾著手在聊天耶……這總不會是暴風雨前的寧靜吧？

「明仔，我覺得很毛耶！」連猴仔都搓著雙臂，一臉蒼白的附耳，「我居然在發抖耶……」

「別、別……什麼都別說，這樣總比拿菜刀互砍好！」我默默拉著他退後，開始左顧右盼，我得找……耀承學長不知道什麼時候退出了陰影處，跑回他的機車旁一派閒散！

我一股無名火竄上，掄起拳頭直想揍人！直接走到學長面前，他還正在擦他的寶貝安全帽，「我怎麼不知道瓊儀要來？」他瞥著我，劈頭就這麼一句。

哎哎，這話對嗎？我都還沒開口，學長居然先發制人！

「學長，是我要問你吧！出遊名單從頭到尾都沒有你啊，誰請你來的？」我壓低聲音趨前，「馬的我主辦，好歹給份尊重吧！說來就來？」

耀承學長一直都是這樣，這種人就是核心人物的代表模樣！長得帥、身材好，女人緣佳，運動成績都不差，再加上又是學會會長、又是什麼叭啦叭啦的代表，口才一流、身高一百九，老愛穿緊身T恤露胸肌，這種風雲人物就是有個大通病：以爲世界繞著他轉。

不過他再風雲，也不代表我會怕他，再怎樣他已經畢業了，少拿學長來壓人。

「明雪找我來的。」學長淡淡的說著，一副不以爲意的樣子。

「主辦者是我跟猴仔。」我也不客氣的撂話。

「那現在是怎樣？你打算趕我走!?」耀承學長也永遠不知道客氣這兩個字怎麼寫。

「我們沿路行程都是排好的，吃的就算了，多個人沒差，你也自備機車我沒話講，啊住呢？房間訂剛好啊！」我盡可能平心靜氣的說，「而且你心知肚明，突然跑來就是不尊重我們主辦、也不尊重其他人！」

「房間我訂好了，放心，我獨自訂的不影響你們，其他你也說不妨事。」耀承學長聳了聳肩，「我就是知道突然加入你們會不方便，所以我能做的都做了啊，夠貼心吧？」

「啊我是還要謝謝你嗎？」我不爽的拽過學長上臂，背對了兩個還在吱吱喳喳的女生，「你跟瓊儀學姐的事鬧得大家都知道，明雪也扯在裡面，現在要一起

出去，你可以跟我保證沒事？」

「沒問題啊。」他接話接得太輕鬆，我更是一整個憂心！

我看不出來這三個人的戰爭，會讓這個登山之旅愉快到哪裡去……啊啊，我這時眞想當女人，希望大姨媽突然來，我就可以立刻痛到昏死過去，抱病脫逃……

「欸，搞定了沒？」猴仔走了過來，「那兩個還在笑耶！」

我回頭看著明雪跟瓊儀學姐，胃更痛了……「厚，好啦，至少還能笑！幾點了？」

「八點四十囉，還差兩個人！」猴仔揚揚手機，「打電話沒接，可能在路上沒聽見。」

「還有誰啊？」學長雙眼一亮，談到交際公關，他最強了。

「你都要參加了還不知道成員有誰！不要太扯啊！」我忙著調出LINE群組，把學長加入群組當中，「筆記本檔看一遍！」

「啊就北猿山貓啦！」猴仔自己唸著這綽號，還噗哧笑出來。

我沒好氣的白他一眼，自己猴模猴樣，還敢給別人亂取綽號！

餘音未落，另一台車果然騎至，重機上是非常粗壯的男生，身高跟耀承學長相當，都是一百九十公分，不過體重有一百二十公斤，在系上是最有「份量」的一個人！

但別看他龐然大物，面容帶了點凶狠，但其實內心善良，好到常被人利用，工具人最佳代表就是他了！機車噗嚕嚕的停下，耀承學長瞥了他的後座，那應該會是兵家必爭之地——這後座多舒服啊！

「歹勢，加個油晚了。」北猿一停車就是連聲道歉，「我最後一……耀承學長？」

看吧！大家見到不速之客都是倒抽一口氣，下一秒北猿即刻轉向在廊下的瓊儀學姐跟明雪，臉色更慘白了。

猴仔趕快上前，攬過北猿肩頭低語，「沒有，我跟你說……」

我忍不住再白眼，學長還敢在那邊吹口哨哼歌，眞的欠揍。

最後一個人在兩分鐘後出現，意外騎車出現的女孩，永遠一身黑衣黑褲黑外套，配上一頭烏黑長髮：山貓。

山貓人如其名，是一個長得極嫵媚的學妹，身材曼妙，前凸後翹不說，最重要是她有雙貓眼，黑色的瞳仁又黑又大，渾身散發著性感，也是許多人追求的對象。

只是山貓跟明雪不同，她不算開朗也不外向，就像貓般倨傲又沉默，神祕感十足，但這次一聽說我們要去登山，竟然主動說要跟團，讓大家都嚇了一大跳。

「對不起，來晚了。」她口吻平調毫無起伏，朝大家一一的行禮。

「沒關係，來了就好。」我還是一一點名，「一二三四五六七……八九？」

我的食指，忍不住指向了北猿身後不知道何時卡在那邊的……屁孩？國中生？

「呃……」應該不是我們的人吧？但爲什麼他們雙眼熠熠有光，也揹著背包？

「我鄰居小朋友。」北猿突然傻笑起來，「他們聽說我們要去玩，死活都要跟，我媽又……」

我胃痛，我眞的胃穿孔……聽見耀承學長明顯的笑聲，彷彿在說：噗哈哈哈，你看看你，大家都不太尊重你這個主辦嘛！

「北猿！」我忍無可忍的上前，「你……你莫名其妙多帶兩個人出來要先跟我說啊！」

「因爲說了你不會答應啊……」北猿聲音很虛，「他們兩個很獨立的，而且有事我負責！我負責！」

「這兩……」我指向後面兩個屁孩，他們看上去就像溫室裡的花朵啊！白淨的臉龐，雖然是男生但皮膚超好，五官精緻漂亮，根本像女生啊！「幾歲？」

「十五！」兩個男孩異口同聲，靠夭！連變聲期都還沒開始嗎？

「十五？」耀承學長挑了挑眉，「看起來比實際年齡小啊！」

「我們娃娃臉啊！」略高一點的男孩瞇著眼笑說，「明仔哥，拜託！我們也想去玩，我們保證絕對不會惹麻煩。」

「明仔哥你叫的？」我不客氣的瞪向人高馬大的北猿，「北猿！這未成年出事了還得了！」

「我負責我負責啦！」北猿還在幫兩個小傢伙求情，「暑假他們也坐不住，我想說就讓他們一起來，兩個都很獨立！有事……萬一出狀況，我來處理，絕對不影響大家行程！」

兩個屁孩立刻各露出一雙閃亮亮眸子，可憐兮兮的望著我……靠！用這種眼神對我有屁用！

「車子載不下！屁孩回家去！」我立即下逐客令。

車子……北猿算了算機車，四台機車，九個人，屁孩再小也不是能雙載的年紀了。

「還好吧！」山貓突然出聲，「忘記我騎車來的喔？」

咦？我詫異的回頭看向她，兩個小屁孩立刻喜出望外的大聲喊：「謝謝姐姐！」

姐你個頭啦姐！

「喂喂，大家都同意帶這兩個屁孩上路嗎？」我決定使用大眾力量。

聽見騷動的瓊儀學姐她們也走過來了，問了猴仔來龍去脈，瓊儀學姐居然第一個說沒關係。

「我沒差啊，反正有事北猿負責嘛，不許拖我們的行程就對了！」瓊儀學姐說得稀鬆平常，我忍不住看著她的裝扮，我比較怕她耽誤我們的行程。

這種耗體力的行程最怕遇到公主。

「我也無所謂……不過，」明雪笑看兩個屁孩，「我們不是去郊遊喔，小朋友！我們是去登山的，我們幾個平常都有在登山喔！很辛苦的！」

略高的那個男孩抿起唇，看上去眞像萌寵，「姐姐，我好歹十五了，明年要高一了，不是小孩子好嗎！」

「切，才十五。」猴仔不客氣的哈哈大笑，「十五就小孩子！」

「請問哥哥幾歲？」較矮那個直接問了。

「我？別看我這樣，我二十一了！」猴仔真不知道在得意什麼，啊也才差六歲啊！

旁人禁不住竊笑起來，猴仔這才意識到，好像真的沒什麼了不起厚！

「這兩個很好動，體力好得很，我還怕他們亂衝。」北猿有點戰戰兢兢的看向我，「那個……」

「讓他們跟吧，出狀況就是北猿負責就好，把話說清楚，也不好讓北猿沒了面子。」耀承學長忽地近身附耳。

我緊皺起眉，這時候談什麼面子不面子啊！

「我很討厭意外知道嗎？」我忍不住低吼，「一個學長還不夠，又多帶兩個屁孩！」

「我們才不是屁孩！」兩個屁孩異口同聲。

北猿大掌直接罩住屁孩的頭，趕緊要他們噤聲，「還不謝謝明仔哥！」

「謝謝明仔哥！」屁孩見風轉舵得也快，一秒恭敬有禮！

「怎麼稱呼呢？」耀承學長好奇的彎下腰，「總不能鄰居鄰居的叫吧？」

我難掩不爽，撇頭就走，「誰管他們叫什麼！」

「欸……」北猿相當尷尬，「就大瘋小瘋吧！明仔……」

他追上來，頻頻跟我道歉，我知道北猿太好說話，就連小屁孩盧他都能成功；我忍不住多說了幾句，他不能這樣有求必應啊！

北猿也只是一直道歉，既然大家都沒有意見，我再反對也太難看了。

總之，從原本的六人，硬是變成九個人，還外加火爆、屁孩等各種不利因素，我們還是揹起行李，跨上我們的寶貝機車，準備開始兩個星期的山山相連之旅。

身爲隊長的我回頭看了一眼成員陣容，竟有種風蕭蕭兮易水寒的感覺！姑且不論明雪他們三人的愛恨情仇，光是北猿我就擔心他爬山時出問題，我可沒力氣揹他上山啊！還有那兩個屁孩禁得起這種行程嗎？

「等等，出發前不必拜拜嗎？」山貓突然迸出莫名其妙的一句。

「拜拜？」我一陣錯愕，「拜拜不必了吧，意外險我是都幫大家保了啊！」

山貓突然嚴肅的凝起雙眉，向遠方一眺，再朝天空望去，然後那貓般的媚眼轉了幾圈。

「長途跋涉，沒有拜一下保平安怎麼行呢？」

「哇哈哈！山貓，妳是在玩哪齣啦！」猴仔大力的拍了拍她的肩膀，「我們不是要橫越青康藏高原耶！我們只是摩托車之旅加上登山，ＯＫ？」

山貓倏地回首瞪一眼，我瞧不見山貓的模樣，但我卻看見了猴仔臉色刷白的向後退卻，手也迅速離開山貓的肩頭。

「學妹，別這麼嚴肅啦，我們只是出去玩。」學長發揮了親善大使的魅力。「出遊還要拜拜未免太誇張了！」

「烏雲密佈、紅光滿天還陰風慘慘，這是不吉利的凶兆！」山貓接著說出更嚇人的話，「我覺得這趟旅行有點危險，大家應該要先請示四方神明！」

烏雲密佈？紅光滿天？所有人忍不住抬頭往上看，今天熱到爆炸了，萬里無雲的湛藍天色，還熱到一點風都沒有——山貓是在演哪齣？

「哇塞……」大瘋屁孩忍不住讚嘆，「姐姐跟我們不在同一個時空嗎？」小瘋屁孩亮到都快睜不開眼了！

「學妹！妳是不是鬼故事看太多了啊？」瓊儀學姐用詭異的眼神打量山貓，「天氣好成這樣，妳在說什麼烏雲……」

餘音未落，一陣狂風刮至，捲起地上飛沙走石，逼得一眾人瞇起雙眼。

我立時打了個寒顫，這陣風刮得我心裡發毛。

刺眼的陽光逐漸變弱，我看著柏油路上不再刺眼，抬頭往天空瞧，依然是蔚藍晴空沒錯，只是隨著風刮來一大片略厚的雲層，遮去了陽光。

而那片雲，好像帶了點灰色。

「呃……」猴仔直接指向天空，「山貓，妳氣象局喔？」

「欸，別亂講啦！夏季對流雨旺盛，這種事常有，前幾天不是都午後雷陣雨，這樣多好，不然熱死人了，下點雨涼爽！」瓊儀學姐不死心的繼續，「至於凶兆喔，我看學妹的內衣眞的要注意，妳應該考慮集中型的啦……」

可惡，害我直接往山貓的胸部看過去！瓊儀學姐有夠亂入的，現在誰在跟她提內衣啦！此凶兆非彼胸罩吧！

山貓竟立即紅了雙頰，她大概沒想到瓊儀學姐說話會那麼直接；但在她尷尬的同時我也留意到她的不滿，神色凝重，默默從口袋中拿出一串深紅色的佛珠。

我一看就傻眼了，我從來不知道山貓是如此迷信的人，連出去玩都要占卜嗎？

「山貓，妳越來越扯了。」連明雪都忍不住皺眉，「妳這樣只會讓大家人心惶惶吧！」

「我要進行簡單的占卜。」山貓神情依舊嚴肅，拿起佛珠擺起架勢，有模有樣。

明雪好奇的湊上前些，就挨在瓊儀學姐身邊，兩個女生很明顯的對這樣的

「儀式」不屑，她們的笑藏在嘴角裡，我看得很分明。

山貓無視於大家的眼神，逕自進行只有她懂的占卜，而在明雪跟瓊儀學姐竊竊私語之際，明雪竟不小心弄翻了學姐手上的早餐。

裝著粥的紙碗嘩啦灑了一地，最嚇人的是伴隨著的鏗鏘聲，裡頭的湯匙跟著掉上了地。

「啊呀！糟糕！」瓊儀學姐一陣錯愕，「明雪，有沒有弄到妳褲子？」

「沒有沒有！好加在我跳得遠。」明雪趕緊拍拍胸脯，蹲下身就抽出面紙把一地的粥給攏齊。

在緊繃氣氛下，這聲響讓大家更緊張，大家全圍了過去，幸好粥溢出不多，還沒灑得多糟糕！所有人手忙腳亂的把現場清理乾淨，我卻注意到山貓那更加鐵青的臉色。

「山貓！妳行行好，一碗粥倒了不會怎樣吧？」我半開玩笑的說著，誰叫山貓那副樣子只是給大家增加負擔！

她瞥了我一眼，貓般的狐媚雙眼帶著冷淡，只見她往後一步，蹲下身去，幾秒後手裡揚著一個銀色的金屬物。

我定神一瞧，不禁跟著倒抽了一口氣。

「噯呀！我的湯匙！」瓊儀學姐小跑步到山貓身邊，哀號出聲，「怎麼斷了？」

學姐接過山貓手中的湯匙，心疼的試圖接合那破裂的湯匙……

我不知道別人是怎麼想的，但是——只不過從手中翻落一碗粥，怎麼可能讓湯匙斷掉？

尤其學姐一向使用環保餐具，她的湯匙是不鏽鋼製的啊！

那是個就算我從玉山山頂上丟下去，恐怕也不會有任何斷裂的材質啊！

「那好像……是不鏽鋼湯匙耶！」明雪也注意到了，「怎麼會斷得那麼乾淨？」

是啊，彷彿那是瓷做的外面塗成鐵製似的。

「不知道……還好我還有帶另一支備用！」不知道是天眞還是天兵，瓊儀學姐回首就拿著斷掉的湯匙朝垃圾桶那邊去，「好啦好啦！我們快點出發吧！」

其他人只是幾秒的錯愕後，也不在乎的準備出發，把行李擱在前面或塞進置物箱裡，但山貓卻緊緊扣著那串佛珠，全身緊繃。

「明仔。」她抬頭看向我，「你覺得怎樣？」

「呃……只不過是支湯匙斷了嘛！」我陪著苦笑，其實我聽說開工或出遠門時，如果有東西斷裂破碎，都是一種強烈的凶兆。

遇開工就要停工、遇出門就宜返家……我平常絕不是個迷信的人，但是如果湯匙是瓷做的，我眞的就不會想那麼多……但是那是支不鏽鋼的東西，再怎樣都太邪門了吧！

「希望只是錯覺。」山貓淡淡的說著，但是在我面前把那串佛珠戴上了右手。

猴仔開始跑來問要怎麼分配座位，暗戀明雪已久的猴仔當然巴不得載著她，但是明雪跟學長聽說好像又是一對兒！再怎麼說都應該是她跟學長共乘一台，問題是如果讓他們共乘一台，瓊儀學姐會不會抓狂？

啊啊啊……爲什麼這次的出遊讓我一個頭兩個大啊！

「北猿你載一個屁孩，另一個屁孩呢……」我才在講，大瘋就往山貓那邊跑，「呃……山貓妳ＯＫ嗎？」

「呃……沒問題。」山貓回得心不在焉。

「那——」我轉向明雪，雖然猴仔是我麻吉，我應該把福利給他，但是如果讓他載明雪，瓊儀學姐就只能給耀承學長載了。

「明雪上來！」耀承學長連讓我掙扎的時間都沒有，直街吆喝明雪。

她微微一笑，自然的走向耀承學長的機車後座，我可以看見瓊儀學姐的眼神

有多冰冷，她盯著明雪的背影，接著轉過來對上我雙眼時，擠出很勉強的笑容。

「那我——」她一臉委屈。

「當然我載妳啊！」猴仔還是會看場面的，「明仔可不能跟我搶！」

瓊儀學姐開心的笑開顏，「哎唷，幹嘛這麼誇張！」

她回身去拎起行李，我趁機朝猴仔豎起大姆指，感謝他化解尷尬！讓大家各得其所！

身為領頭者，我騎第一台，不管是帶路或是沿途瑣事都是在我身上，因此猴仔體貼的不讓我載人，好讓我專心領頭。

唉，老實說空有領導能力，就是一個做到死的概念，怎麼偏偏就沒桃花運呢！

我的車是領頭車，所以當然騎在最前面，後頭各單位還沒搞定，我就抽空擺個正一點的姿勢，來張出發前自拍！

「喂！自拍咧！」猴仔眼尖嚷嚷，女生反應超快的立即回眸甜笑！

「英・姿・颯・颯！」我得意的笑著，我剛剛可是抬高了下巴，一副豪邁的帥樣……

然後身為背景的那片天空，竟然出現了紅色的邊影！

喝！我驚愕的抬首望天，依然是藍天隱在白雲之後，但爲什麼剛剛拍照時雲層的邊緣是紅色的？

我趕緊檢視相片，相片裡的雲層邊際的確透著紅光！再與實景對照，我心裡忍不住起了股寒意。

「明仔！大家都ＯＫ囉！」猴仔吆喝著，我慌張的把手機收起來。

猴仔的車子向來殿後，他負責在後頭看顧一切我才放心。

應該只是鏡頭跟光線的關係，才會造成這種現象。

對，不要想太多！出去玩一直想不祥的事還要玩什麼！我故作帥氣的舉起右手。

「出發囉！」

「耶——」後頭的人應和了我，響起了一陣歡呼。

我的野狼率先出發，爲這登山之旅揭開了悲劇的序幕。

第二章

山裡的足音

自拍是每個大學生都會幹的事，我也非常喜歡自拍，而且已經練到一種爐火純青的地步！不管是角度、姿勢或是背景取景，都能夠拍出我最帥的模樣。

我仔細的看著相機裡的我，側臉向陽，整個人落在鏡頭的右框，而左框那片紅雲，始終讓我忐忑不安，有空就拿出來瞧，越看越不舒服。但我什麼都沒說，專注於我們的行程，前兩天一切順利，我們按照預定行程先到A市與F市玩兩天，第三天就會前進我們這次的第一座山，小文山。

小文山並不高，只是一般健行路線，一天來回綽綽有餘；所以第三天的行程便是起早，騎車到山上的登山起始點，帶著簡單的野餐食物上山，登頂後沿原路下來，再騎車到市區住宿。

一早起來我特別留意瓊儀學姐，幸好她恢復正常穿著，運動裝扮加上布鞋，當然髮妝還是要美美的，不過她只要穿布鞋我就謝天謝地了。

我們到民宿就近的豆漿店吃早餐，兩隻小屁孩意外的很懂事，不但沒製造麻煩，還機靈得很；吃飯時會主動幫大家準備餐具，個子不高卻會幫忙搬東西，還會幫大家倒飲料，又不會太造作，跟我想的屁孩截然不同。

前兩天沒有太耗體力的行程，屁孩不但沒喊累，兩個人還會輪流幫北猿揹東西；因爲北猿眞的太胖，揹重容易氣喘吁吁……我覺得登山行我應該要煩惱他才

是，萬一他爬到一半喘不過氣怎麼辦？

「謝了。」我看著幫大家擺餐具的大瘋說著，「你們還好嗎？」

「嗯？很好啊！」大瘋瞇起眼笑著，「我們覺得好玩耶，明仔哥規劃得好仔細喔！」

「對！好像都沒什麼需要煩惱的！」小瘋為大家分發面紙，明雪趕緊道謝。

「呵呵，我就說明仔做事最令人放心了。」北猿還有臉說，該不會用這個做號召把屁孩帶來的吧？

山貓默默的先端起店家送上的豆漿，她這兩天越來越靜默，本來就很怪啦，只是好像更怪了。

「我說北猿，」耀承學長突然銳利的掃向他，「你要不要說實話，為什麼帶這兩隻來？」

北猿一驚，神色慌張的別開眼神，根本一臉心虛。

「咦？什麼意思？」瓊儀學姐蹙眉，「故意的嗎你？」

「不是……沒有啦！」北猿每次一緊張就結巴，「就……那個……他們……家……」

小屁孩倒是有志一同的低下頭，打算裝傻混過。

「是啊，我也覺得不是那麼臨時。」明雪托著腮，「行囊都準備好的，而且哪有鄰居小孩會跟著來的！鄰居耶！他們家長沒說話嗎？」

點完餐的猴仔一回來就抓到話尾，「預謀的喔？」

北猿頭垂得更低了，兩個小屁孩轉著眼珠子，此時老闆救援，開始送上豆漿蛋餅漢堡，一一上桌。

「是我吵著要來的。」大瘋囁嚅的開口，「伯原哥不太會拒絕人，所以我硬盧的。」

小小的手跟著心虛半舉，小瘋也抿了抿唇，「我也是。」

林伯原，是北猿的本名，加上身形輔助，北猿這綽號名副其實。

「你們硬要跟？我們不是去遊樂園玩耶！也不是什麼烤肉休閒……」我倒是好奇了，時下國中生這麼健康？「前兩天還算有趣，明天開始天天都是登山喔，下週一更是要紮營的！」

只見兩個屁孩點頭如搗蒜，雙眼發亮，「知道知道，我們都查過了！」

「哇！」耀承學長直接戳了戳身邊小瘋的頭，「看不出來這麼小就喜歡戶外運動耶！」

「喂，這跟時下的露營不一樣喔，登山過夜是很辛苦的喔！還得升火！」明

雪趕緊提醒。

「知道！我們都明白才跟來的！」大瘋眼露憧憬，「但這就是我們想要的！所以才會硬盧伯原哥帶我們來！」

哇！也太憧憬了吧！

北猿終於偷偷瞥了我一眼，「他們就一直說想去山裡，我又怕臨時跟你們講會生氣……」

「所以臨時來就不會嗎？」我真想翻白眼，這哪門子的邏輯！

「你們這麼喜歡登山啊？」瓊儀學姐好奇的問，「國中也有登山社嗎？」

兩個小屁孩同時搖頭，「我們是喜歡山，不是登山啦！」

「其實也差不多厚，要看到山就要先登山啊！」小瘋認真對旁邊的朋友說。

「也是，總之就是想要到山裡去就對了！」大瘋滿臉期待，比我們這些有在登山的人更加興奮。

好吧，不管是喜歡「山」還是「登山」，總之這兩個屁孩完全不影響我們的旅程，這才是重點啦！

一票人先拍照再吃早餐，這是現代人的習慣，永遠手機先吃飯；一拍完大家便狼吞虎嚥，今天要爬山，早餐可是非常重要，吃飽後各自採買零食及午餐上去，中午便是在山上找處景色優美的地方野餐。

山貓一整個上午都沒說話，若有所思，我也不想問，多問多麻煩！

九點抵達小文山山腳，所有人開始整理背包，沒必要的東西就放在車上，餐點、水、行動電源、相機、手機什麼的，該帶的都得帶齊。我自然早就準備好，再巡視看有沒有人需要幫忙。

轉身看見北猿拿出登山杖都快哭了，他有準備耶！謝天謝地！兩個小屁孩立刻幫他揹水揹食物的，盡可能減輕他包上的重量，十分體貼。

瓊儀學姐手上已經拿著自拍棒，這點我從不擔心她，看看三軸穩定器，八成等等還要邊爬山邊直播。

她裡面穿運動內衣，外頭用一件體育緊身外套罩著，拉鍊隨時可以往下拉，我打賭她直播時一定會露奶子。

明雪已經跑到旁邊去拍照了，而很奇特的是耀承學長主動走向山貓問她需不需要幫忙，這會兒居然在幫她調整背帶長度。

「明仔，該上山了！不然太晚會很熱！」猴仔吆喝著，幫我督促時程。

「好囉！各位！」我直接往眼前的階梯上走去。

「耶──」小屁孩興奮的直接大喊，一馬當先衝第一個，咻一下掠過我面

前……是有沒有這麼HIGH啊？

「喂！不許跑前面！要是迷路怎麼辦！」猴仔即刻上去逮人，「你們要跟好！」

我瞥了北猿一眼，還是別指望他照顧小屁孩了，那兩隻也不可能陪北猿留在後頭，一上去都成脫韁野馬了。小屁孩被猴仔逮回來，走在中間，雖然是硬跟來的，但還是不能讓他們出意外。

初段的階梯不寬，我們魚貫排成縱列依序上山，大概要連續走三百多階，才會到達比較平坦的山路。

「山貓，妳還好嗎？」我回頭問著就走在我身後的女孩。

「嗯？」山貓還幾分錯愕，「我很好啊，怎麼了？」

「啊妳就都沒說話，很怪！雖然妳平常就不太說話了。」

「我不太……」山貓說到一半頓了頓，「沒事。」

靠夭！這種說話方式沒事才有鬼。

「身體不舒服嗎？」後頭的明雪湊上前，在山貓耳邊低語。

哎呀，是女人病之類的嗎？她們說得那麼小聲鐵定是在講相關的事啊！結果山貓搖搖頭，依然輕蹙眉頭。

「我就是覺得很不安，這幾天天色越來越不好了。」她邊說邊抬頭向天，這山林幽徑、綠葉蔽天的，實在也看不太到天色。

不過天氣的確是不太好，今天沒有陽光，聽說有個氣流靠近，隨時都會下雨，後面還跟了個颱風！

「不是有颱風逼近嗎？」中後段的瓊儀學姐也聽見了，「明仔，我們行程要注意捏，可不要下星期有颱風還在山上紮營！」

「會啦，學姐！我們都有備案的！」墊後的猴仔趕緊說著，這沒什麼好擔心的！

「不是氣候的問題，唉……」山貓嘆了口氣，喃喃自語，「就是不祥……」

咦？雖然很小聲，但聲音是往前飄的，所以我還是聽見了！

不祥？她還在糾結於出發那天的斷裂不鏽鋼湯匙，還有——我腦子裡閃過我相機裡那張透著紅色的雲層。

可惡！害我想起又毛了！目前爲止都好好的啊，她幹嘛這麼杞人憂天啦，不過就斷掉一支不鏽鋼的……不鏽鋼的湯匙怎麼會斷啦!?哎唷！

被山貓的話影響，眞是煩透了！這次的旅行一定會很順利，保證平平安安回家！

好不容易結束連續階梯的路程，眼前就是石板小徑，還沒喘息兩秒，小屁孩就發威了。

「喔耶——」莫名歡呼聲從我身後響起，兩個小屁孩直接往前衝，「喔喔喔喔——」

我們所處的位子剛好在較高處，是個四通八達的中心點，順著路標走可以通往六個不同的地方，而左方有個碗形凹處，小屁孩就對著那邊吶喊。

『喔喔喔喔——』山裡這樣回應著他們。

「哇……」小屁孩開心的咧，一直在那邊高喊。

「年輕就是不一樣啊！」連耀承學長都有些上氣不接下氣，「我都喘了，他們好像沒事一樣！」

「明仔，我們下去休息一下吧。」瓊儀學姐邊說邊回頭，「北——猿——你還在嗎？」

三百多階對北猿來說一定是挑戰，不知道現在走到哪裡了。

「沒問題！」傳來的是猴仔的聲音，殿後的他鐵定會看顧著北猿的。

「我們先下去坐一下吧，北猿上來也該讓他緩口氣。」耀承學長指向那凹形處，那邊有多張石桌石椅。

我點點頭，讓他們先去，再跑到階梯口往下看……居然沒看不見北猿他們的身影，到底是走到哪裡去了？

「上來後往左邊看，我們在那邊休息！」我扯開了嗓子喊著。

好一會兒，沒有任何回應。

然後輕快的腳步聲傳來，我看著眼前彎曲蜿蜒的階梯，這腳步好快喔，就算猴仔在爬了三百多階後也不可能身輕如燕吧？

「好——」終於聽見猴仔的回音。

我轉身也要到石桌那邊休息，聽見那輕快步伐上山，已經逼近我身後了，就算踏到平地也沒有休息的意思，我假裝從容的繼續往前走，刻意放慢腳步，想說讓後頭的人先過，好看看是什麼樣的人。

直覺就是登山好手，也沒揹太多東西，步伐才能這麼輕盈。

「明仔！」左下方石桌邊，瓊儀學姐對著我招手了。

聽著足音逼近我身後，直到掠過我身邊，我眼尾悄悄往右邊看去——咦？

我錯愕的看著石板步道上，沒有人？

趕緊回頭往來時路看去，說實在的，整條小徑上，除了我之外，根本前無古人後無來者。

怎……可能……我完全僵在原地，我不可能聽錯！幹！那腳步聲超清楚的，就在我右後方、然後超車，一路往前！

但怎麼可能沒有人？我往前方望去，如果我現在追上去……是不是還能聽見那疾走的腳步聲？我望著往左彎而漸消失的路，忍不住邁開了步伐——

「明仔！」

女孩尖銳的尖叫聲讓我瞬間回神，我真嚇得顫了一下身子。

「……山貓妳幹嘛!?」連明雪也被嚇到，直撫著胸口，「嚇死人了！」

山貓是直接衝上來的，粗暴的一把攫住我的左上臂就往階梯下拉，我腦子裡一片空白，完全被山貓拖著走，走下了弧形階梯，直被拽到石桌邊，所有人都用疑惑的眼神看著這一切。

「呃……」耀承學長最先出聲，「現在是什麼狀況？」

我答不出來，山貓一副不想回應的樣子，逕自打開水壺猛灌水，耀承學長一把扣住她的水瓶扯下，叫她別喝這麼多，山裡如廁可不方便。

「明仔！」明雪推了推我，「是怎樣啦？你們這樣很怪耶！」

「……我不知道，我只是好像聽到了什麼。」我下意識回首，朝上方看去，那不是好像聽見，我切實聽見了那輕快穩健的步伐啊！

「聽見什麼了?」小屁孩飛快的衝到桌前，「有人在說話嗎?還是聽見腳步聲卻沒看見人?」

喝!我僵直身子瞪著小屁孩，大瘋雙眼熠熠有光到讓我全身發毛!

「說什麼啊!」瓊儀學姐不客氣的往大瘋頭上敲下去，「胡言亂語，山裡可不要亂說話!」

大瘋一臉無辜的噢了聲，滿臉失望。

我眞想說，大瘋眞說對了，我聽見了腳步聲卻沒看到人……那經過我身邊疾步而行的「人」，究竟是什麼?

「啊!來了!」瓊儀學姐一抬頭看見上頭出現的人影，「北猿——猴仔!」

北猿漲紅著臉氣喘吁吁，猴仔在旁朝我們招手，猴仔平常一副痞樣，但照顧人倒是一流，耐性極佳，可以陪著北猿這樣慢慢走；北猿來到桌邊坐下，氣喘如牛，大家你一言我一語的鼓勵他，最艱辛的部分已經結束，接下來不會這麼辛苦了。

可能因爲鋒面的關係，天色變得昏暗，而且霧氣也越來越重，我們所待的凹處一會兒伸手不見五指，一會兒又清朗，白霧間歇般的一陣接一陣。

「霧越來越濃了，應該要留意氣候了。」耀承學長原本想查一下資訊，不過

手機沒有訊號，「如果下雨就撤，還是現在撤？」

「嗄？現在？」瓊儀學姐皺了眉，「我們才剛上來耶！」

「現在偶爾還有陽光還好吧。」猴仔也出聲，「我們先往下走，等等過了石梯坪後很多地方都有下山的路，應該是不急。」

跟著我也拿出地圖，幸好我已有萬全準備，「你們看，我們先往上走，中間還會有多重岔路前往不同峰頂，到時都有路可以下山！一旦雨勢太大，我們要離開都沒問題。」

眾人圍聚在地圖邊看著，很快取得共識，畢竟現在還早，也還沒眞的下雨，就這樣下山未免可惜。

「既然怕變天，我們就趕快走吧！」山貓淡然出聲，輕拍了北猿，「你可以嗎？」

「可以的！」北猿點點頭，氣息的確和緩許多。

「我建議先走草原那邊，平緩的路較多，對北猿比較好。」耀承學長手指頭在地圖上點著，「接著再走蝴蝶徑，那邊雖然比較陡一點，但沒有太多階梯，景色也比較美可以分心。」

我湊前一瞧，這倒是條不錯的路，就是繞遠了些，「不過這樣子離山頂會多繞點路……但也不遠，蝴蝶徑後接古意步道，大概多個一小時路程。」

抬頭環顧同伴們，每個人都點頭或豎起大拇指，才一個小時並不算延遲太多，而且走起來比較不累又舒服，對北猿負擔也較小，既然所有人都同意，我們便選擇了新路線。

「小屁孩！」我扯開嗓子吆喝，這兩個又跑到哪裡去了？「出發囉！」

「喔喔喔喔——」他們的聲音居然從我身後傳來。回頭看，他們不知道什麼時跑上去，回到我們剛剛上來的小徑了，「明仔哥，我們剛剛幫你往前追了！」

什麼!?我一時反應不及。

「但我們跑了一段，真的都沒有人耶，你到底聽到什麼了？」小瘋臉不紅氣不喘，好奇的望著我。

「你們……你們去了哪裡？」我這才回神，「靠！不是不許你們亂跑嗎？」

「你剛剛不是很想往前嗎？我們只是順著路往下去看看而已！」大瘋一臉理所當然。

「搞什麼啊！」氣急敗壞出聲的是山貓，「你們怎麼可以隨便亂跑，萬一出事怎麼辦？」

山貓走了過來，不客氣的拽過大瘋往石桌邊推，小瘋一看狀況不對，很乖的

趕緊跟著回去，因爲山貓是眞的怒氣沖沖。

追上前，但沒有人……小屁孩就是小屁孩，膽子居然這麼大！他們甚至不知道我剛剛遇到了什麼啊！

「喂喂，怎麼回事？」猴仔完全不知道剛剛發生什麼事。

「你們在搞什麼？」耀承學長明顯的不耐煩，「不要把事情越搞越嚴重，弄得大家不安是怎樣？」

明雪蹙眉，直接拉過小屁孩想問個清楚。

「沒有啦，明仔哥剛剛看見前面好像有妹，但被山貓姐姐叫走，我們才想去看看的！」大瘋突然天花亂墜的說了藉口，「不過下頭彎彎曲曲的早就看不見了！」

「……妹？」明雪有點不高興的斜眼看我。

「就……」我不知道該不該戳破小屁孩的謊言。

「反正擅自亂跑很麻煩的，明仔是，你們兩個也是！」山貓反應倒快，順著台階下，「好了！快走吧，你們兩個走中間！」

她推著小屁孩往前，一邊碎碎唸著不許再擅自脫隊。

「靠！有妹不講！」猴仔嘖了一聲，嫌我不夠意思，結果北猿道歉了，「啊不是怪你啦！厚！」

耀承學長倒是靠在石桌邊，不是長得帥就能成爲風雲人物的，體育頭腦都很好的傢伙，這種幼稚園等級騙術很難騙倒他；耀承學長瞇起眼看著我搖頭擺明了就是說：我聽你在蓋。

「明仔！快去前面啊！」瓊儀學姐在前面喊著，我趕緊重新振作精神往前奔去。

忘掉忘掉，山裡有些奇怪的事也算正常，只要人不犯我我不犯人就好了。路過小屁孩身邊時實在忍不住想多唸兩句，我沒有很感謝他們編藉口，因爲事情就是他們引起的，莫名其妙跑去追什麼！回來還講得這麼大聲！

怪了，我不由得回頭看向依然一臉興奮的小屁孩們，這兩個膽子很大耶，怎麼都不怕的啊！

明明猜中我可能遇到異象，竟然敢獨自去追，沒追到還一臉惋惜……搞什麼啊！

幾分鐘後，我們走上寬廣平坦的道路，沿路不是山坡就是草原，大家一掃剛

剛的緊繃氣氛，一路說說笑笑，明雪還唱了幾首歌，她歌聲一向很好聽；我沿路拍照，難得今天沒什麼人，可以盡情拍攝。

「哇！好大的草原喔！」

小屁孩直接衝進芒草裡，耀承學長連抓都來不及！「喂！小心有蛇你們兩個！」

等人高的芒草硬是比小屁孩高出一點，他們直接衝過了芒草群，還穿過去到約兩公尺遠的草地上。

「我們在這裡吃飯吧！休息！」大瘋交叉揮舞雙手，「這邊好美喔！」

「到蝴蝶徑再吃！」我高聲喊著，這兩個眞是活力無窮，「你們小心腳下啊！」

「年輕人就是年輕人！」猴仔在那邊搖頭，餘音未落，瓊儀學姐居然也跟著往芒草裡衝。

大家一陣錯愕，緊接著明雪笑了起來，「好像挺好玩的！」轉身也跟著進去。

實在是萬般無奈，但掩不住我也想去大草原奔跑的衝動，所以一分鐘後，我們幾乎全體都穿過了芒草群，到了碧綠的大草原上。

「這樣踩在草地上會不會被譙啊？」明雪怯生生問著。

「不會吧，這是山林啊！」瓊儀學姐張開雙手，仰頭向天，「啊，好舒服的天氣喔！」

我趁機拍下她那自然不造作的模樣，草原另一邊就是密林，雖然沒有天藍色的天空，但白霧渺渺包圍著瓊儀學姐，倒另有一番氣氛。

「山貓！」北猿往左邊小路上看著，「過來啊！」

唯一沒到這兒來的山貓嚴肅的扳起臉，搖了搖頭，「我覺得你們還是回到步道上比較好。」

「陰陽怪氣！」瓊儀學姐不爽的低語，「她是怎樣？有病嗎？」

「王瓊儀！」耀承學長即刻低斥，「說話尊重一點。」

瓊儀學姐倏地回頭瞪向耀承學長，「是怎樣？明明就她莫名其妙，一副我們會出事的樣子，什麼都神祕兮兮，搞得大家不安才甘心。」

「山貓只是比較敏感而已。」耀承學長也沒在讓，「她又沒說什麼礙到妳！」

「誰說沒有，她的眼神語氣都礙到我了！」瓊儀學姐高抬起頭，雙方劍拔弩張，一觸即發——千萬不要！

猴仔趕緊介入兩人間，硬是遮去瓊儀學姐的視線，「耀承學長說得也沒錯，

山貓就是比較憂心一點，不要管她就好了。」

我回頭瞄向耀承學長，擠眉弄眼的拜託他少說兩句。

其他人都乖乖的不參與戰爭，整個草原最吵的還是那兩個小屁孩，一直在那邊玩回音：「啊啊——喔喔喔！」

「喔嘿喝喝啊啊——」

「啊啊……」

「不要亂叫！」

驀地一陣斥喝聲傳來，中氣十足，嚇得大家都止了步。

因為聲音不是我們這一票的，也不是從我們附近傳來的，那是長者的聲音，音源竟來自右手邊那片山林！

第三章
受傷的阿伯

「你們兩個！」在樹林與草原交界口處，一拐一拐的走出了白色汗衫、藍色綿褲、還戴著斗笠的老人，「不要一直亂喊！」

咦？兩個小屁孩的確很靠近山林處，他們兩個立即噤聲，好奇的看著老人家。

「哎呀，抱歉抱歉。」北猿真的超擅長道歉的，連忙佇著登山杖奔去，「他們是太興奮了。」

「這會冒犯山神的！也驚擾太多動物了！」老人再往外移了幾步，但是他得扶著樹幹才能走穩，「登山就好好登山，不要干擾這邊的自然！」

小屁孩們立即一鞠躬，「對不起！」

老人家擺擺手，回身就要往樹林裡走去，但腳明顯的不方便啊。

「那個……阿伯，你腳怎麼了？」我小跑步往前，「受傷了嗎？」

老人家遲疑的頓了頓，右手擺擺，一副沒事的樣子就想往裡走，但才走兩步，整個人就跌坐下去了。

哇！北猿趕緊衝進林子裡，輕而易舉的攙起阿伯，我也跟著趕到，發現阿伯穿著一雙藍白拖，但腳掌上卻駭人的皮開肉綻！

「哇！」瓊儀學姐誇張的尖叫，「好噁心喔！」

猴仔趕緊拉開學姐，拜託用詞遣句客氣一點啊！「學姐，妳說話稍微修飾一下吧！」

「阿伯，你這怎麼傷到的？」我蹲下身子，北猿協助將阿伯攙妥，靠著樹幹站穩，「很嚴重捏！」

「就摔倒啊！不小心踩空就卡進石頭裡，我很用力才拔起來的。」阿伯臉色一點都不好看，「沒事啦，阿伯回家抹抹藥就好了。」

「不行，傷口上都是小石頭，這會感染的。」我左顧右盼，「山貓——山貓！」

醫藥箱在山貓那邊，她是醫療小組人員啊！猴仔跟小屁孩即刻往另一邊衝，「山貓姐姐——山貓！有人受傷了！」

耀承學長熟練的遞出礦泉水，我們常爬山旅遊的人，受傷在所難免，所以基本的急救技能更是必備；北猿跟阿伯說會有點痛，但我們想先試著幫他處理傷口，至少要包起來，不能讓外掀的肉曝露在空氣中。

水沖洗傷口時，阿伯叫得特別大聲。

「啊啊！哎唷，哎唷——」

「我來吧。」左手邊陰影遮住，山貓果然還是來了。

我們之中就屬山貓的包紮急救能力最強，這就是她負責醫藥箱的主因；我立即起身，把現場交給山貓，其他人都只是輔助，或安慰阿伯，或制住他想扭動的身體、想抽離的腳。

林葉茂密加上天色不佳，所以明雪把手電筒叫出來，好爲山貓照亮傷口環境，接著碘酒消毒，阿伯掙扎得厲害，我跟北猿花了很大力氣壓制他，好不容易消毒完畢，山貓用綳帶先包起傷口。

「這個得去醫院，必須縫合才可以。」山貓拿彈性網狀綳帶固定住紗布套住，「而且也不太能行走。」

「誰說不行！我就要走回家，我家在那邊而已！」阿伯揮開我跟北猿，「這點小傷，我們常常受傷啦……」

阿伯超堅持的穿回拖鞋，但包紮後的腳掌變兩倍大，根本塞不進拖鞋裡，但阿伯也沒死心，能塞進多少算多少，一拐一拐的就要離開。

「謝謝啦，我沒事的，這樣包起來我就更好走了。」簡直是睜著眼睛說瞎話！

「可是……」北猿憂心忡忡，我們一掛人看著阿伯拐著腳往林間走去，大概十步後，他居然停在一棵大樹旁，拎起了一大袋藍綠彩色痲袋的沉重物品！

小屁孩當下就衝上前了，「阿伯我幫你拿！」

大瘋想接過，結果根本拎不動，還得小瘋上前硬撐起袋子，兩個孩子轉過來，用求救的眼神看著我們。

唉，這怎麼辦？要幫就幫到底啊，沒理由把阿伯一個人扔在這兒吧！

耀承學長笑著搖頭，直接往前走，「阿伯啊，你是住哪裡？」

「我住附近而已啦！我自己可以拿啦！小孩子！」阿伯拽著袋子想抽回，小屁孩倒是堅持不想鬆手。

北猿跟著就上去了，我朝女孩子們看了眼，大家也只能聳聳肩，放阿伯一個人跛著腳回去，眞的說不過去啊。

「北猿能不能揹啊？」瓊儀學姐提出很爛的建議。

「別害人吧！」猴仔說得實在，他連自己的背包都揹不動了。

「那是因爲階梯！」明雪認眞反駁，「林子裡都是平路，坡度也很緩啊！」

「阿伯，你這樣不能走啦！」耀承學長乾脆的卸下背包，回頭就扔給……原本是對著瓊儀學姐，但他很快的轉塞給明雪，「我揹你！」

「不必啦！」阿伯有點堅持，「你們不是要上去，去去去！」

阿伯不高又瘦，哪是耀承學長的對手，手一拉就揹上了，耀承學長才是眞的

精實型的人，揹個阿伯輕而易舉。

我過去檢視阿伯袋子裡都是筍子，超級沉，很難想像這麼乾瘦的阿伯一肩扛起這麼重的東西，說不定就是因爲重心不穩才會跌倒！

猴仔跟北猿一人拎一邊，我跟明雪她們隨時準備輪班，女孩子們有人負責開路，有人負責看著連在林裡都亂跑的小屁孩們！

我想到什麼的停下，回首一看，山貓果然還揪著醫藥包在原地。

「山貓？」我揚聲吆喝。

她擰著眉，一副極度不情願的樣子。

「喂，妳有完沒完啊！」瓊儀學姐像是到了個爆點，「幹嘛一副要死的臉！」

「王瓊儀！」揹著阿伯的耀承學長回首低喝，「妳不要找架吵喔！」

「不是啊，妳有話直說啊，非得要搞得大家不愉快！」瓊儀學姐向來不是會退卻的人，邊說邊朝著山貓走過去。

在耀承學長背上的阿伯變得侷促不安，掙扎想下來的樣子，「我就說你們去，我自己可以回去，我家就在前面而已啊！」

情況因爲山貓變得很尷尬，我們覺得要幫阿伯回到家，但山貓卻完全不想移動的樣子。

「山貓？妳是怎麼了？難道妳覺得要放阿伯在這裡嗎？」明雪也趨前，「妳是這樣的人？」

「我覺得我們不該離開主要道路。」山貓緊揪著醫療包，我可以看得出她在微微發抖，「我們這趟旅行帶著不祥，我們應該用最安全的方式完成旅遊才對！」

「妳眞的很煩耶！」瓊儀學姐緊握雙拳踢了土壤。

「山貓！」耀承學長遠遠的開了口，「妳不要想太多，越鑽牛角尖只是讓自己不安而已，走了！」

耀承學長就這麼扔下一句，轉身揹著阿伯繼續前進，這太明顯了，沒有人打算選擇山貓，明雪甚至帶著嫌惡的眼神回身跟上耀承學長，大家都有點訝異山貓的迷信跟冷血。

「不然妳在這裡等我們好了！」我只能這樣說。

轉過身時，小屁孩就在我身旁，好奇的看著山貓。

「山貓姐姐是陰陽眼嗎？」

「還是她有靈感？」

「爲什麼覺得不祥啊？」

我深吸了一口氣，「你們兩個少說兩句。」

我追上猴仔他們，大家隨時輪班拎起那一大袋筍子。

林子很密，沒什麼道路，不過阿伯是住在這裡的人，所以熟悉路況，他指著一條最少阻礙的道路，那都是「人」走出來的，所以沒什麼石頭雜草，話是這樣說啦，但其實草還是很多。

我一邊想要試圖做記號，不過發現路其實挺直的，中間有幾棵特別的樹很好認……在某次回頭時，我留意到山貓默默跟了過來。

大家都發現了，但沒多說什麼，調侃或諷刺都是不必要的，或許她怕一個人，或許她覺得不該跟大家分開，不管怎麼樣，跟上來就好，也讓我心中放下大石，省得擔心她落單。

阿伯說他都會到這邊採筍子、或是採野果，然後再回家，他們家就在林子的另一邊，住在山上的小屋，屋子在田中央，還有一大片菜園；現在只跟他老婆住在山上而已，不習慣平地生活，覺得山居生活自在。

「那邊那邊！」在某個林隙，阿伯指向了不遠處的房子，「那邊有個白色的屋子有沒有？」

「喔喔，看到了。」耀承學長將阿伯往上挪了挪，「哪條路下去記得跟我說喔！」

「就前面而已，不遠了！」阿伯說著，指向東北方。

我跟明雪扛著那袋筍子，北猿上前問耀承學長要不要換班，學長搖搖頭，我知道不是逞強，而是因爲這樣頻繁交換怕會讓阿伯尷尬，也怕摔到阿伯。

手上的袋子眞的很沉，這裡面少說幾十隻筍子，阿伯是賣筍子的嗎？一口氣採那麼多根本也吃不完。

「小心腳下。」瓊儀學姐提醒著，她皺起眉往天空看，「好暗喔！」

天色變得昏暗，而且因爲枝葉茂盛遮去了天空，讓林子裡的光線變得不足，瓊儀學姐乾脆的拿出手電筒照明。

小屁孩們直接到後面去纏山貓，我只聽見「妳陰陽眼嗎？」就直接把他們叫到前面去。

阿伯的前面跟我們的定義不太一樣，加上我們或搬筍子或揹著他，覺得更加疲累，終於耀承學長開口要求休息了。

「阿伯啊……放你下來一下喔！」在北猿的幫助下，耀承學長終於把阿伯放下來。

我跟猴仔到最前面探路，卻發現除了一望無際的林子外，沒有任何往下的道

路啊！

「阿伯！你是不是記錯路了？」我們折返問著，「我們一路都沒看見往下的路啊！」

「有啦！快了快了！」阿伯撐著樹幹往前，「應該就在前面啊！右邊會有條往下的路！被很多草蓋住……」

「被……會不會已經過了？」瓊儀學姐拿著手電筒回首，「我們走了一個多小時了！搞不好錯過了，被草蓋住，說不定阿伯自己都沒看見？」

「不可能！那我家啊！」阿伯有點緊張，「我就說我自己走就好了，你們都是好孩子，謝謝你們啦！接下來我自己走啦！」

「都送到這裡了，送佛就送上西天，沒道理放你帶傷走這種路。」耀承學長喝著水稍事休息，「北猿，等下換你ＯＫ嗎？」

「沒問題。」北猿倒是信心滿滿。

「眞的就在前面……」阿伯邊說，一邊扶著樹往前移動，「我跟你說，前面會遇到枯掉的子母樹，正對著樹右邊有條路往下，就可以到大路上了！」

猴仔拿出零食大家分吃，時間剛好一點多，我們都沒吃午餐，所以有人趁空拿出點心來補充體力；山貓距離得最遠，一臉不安的頻頻回頭。

「妳還好嗎？」我到山貓身邊問著，她手上的醫療包還沒鬆手。

「……明仔，你記得路嗎？」她倏地抓住我的手，「知道怎麼回去嗎？」

「當然知道啊，我們就是一直──」我越過她往後比，卻愣住了。

一直直走。

是啊，我們應該是一直直走，但是我現在看過去只看到一整片樹林，沒有什麼路啊！我們剛剛走來時明明旁邊都有許多雜草，獨獨一條路草少土多，所以可以輕易分辨出道路的模樣。

怎麼現在看過去……全部都是雜草了！沒有任何道路的形狀啊！

「沒……沒關係，我們送阿伯回家後就會到大路上，那時會有路標的。」我只能安慰她。

山貓不停搖頭，「我覺得不對勁，我全身都在發寒，而且……我一直覺得有人在跟著我們。」

這就眞的太誇張了。

我下意識往山貓背後看去，這就一片樹林，要跟蹤我們做什麼？而且這樣跟還能不被發現也太強，山貓不只迷信，還有疑心病跟幻覺嗎？

「妳眞的想太多了。」我忍不住這麼說。

「我才不是想太多！你沒聽過嗎？在山上不能隨便跟不認識的人走……」山貓壓低聲音，「你們就這樣偏離主要道路，到這種沒有路的林子裡……」

「什麼不認識，那是……」

「因爲傳說中啊，有時候魔神仔會化做人形，故意誘人離開主要道路，把人帶到深山中。」

旁邊突然立體音響，大瘋小屁孩認眞的在我右手邊開口。

「而且還會誘騙人吃美食，結果那些美食都是蟲卵跟樹葉或土。」左手邊的小瘋小屁孩接著說，「最後人們就會迷路，甚至會失溫或餓死在山裡。」

山貓瞪圓雙眼，淚水直接滴出，竟點頭如搗蒜！

「你們兩個插什麼嘴啊！」我簡直頭疼，山貓已經夠害怕了，這兩個小屁孩還在抱薪救火！「不要製造恐慌好嗎！」

「可是明仔哥，你眞的不覺得我們走太久了嗎？」大瘋用很期待的語氣說著質疑的話語，「而且阿伯家的距離一直沒有變啊！」

「什麼？」我蹙眉，「什麼叫距離都沒有變？」

「走不到的小路，還有阿伯的家始終在那邊啊。」小瘋指向了遠處，「任何時候看，都不會有移動位子跟拉近距離，這不是表示我們好像都沒前進嗎？」

「啊！」山貓打了個寒顫，直接恐懼得腳軟蹲地！

「怎麼了？」耀承學長的聲音傳來，我聽見他走近的聲音。

「又幹嘛！」瓊儀學姐不耐煩抱怨著。

一樣的距離!?我倒抽一口氣，立刻旋身往五公尺遠的北猿身邊奔去，耀承學長迎面走來，不解狐疑的想開口，但我沒時間聽他說話！

「明仔？」北猿嚇得立正站好，完全不知道我為什麼朝他衝來。

我一路衝到可以看見遠方山丘處，那棟白色的屋子依然在斜前方……對啊，走了一個小時怎麼會完全沒有拉近距離？房子依然同一個方向，在那個要先下坡再上山的位子！

「果然……根本、根本到不了啊！」我喃喃出聲。

「明仔？怎樣？」猴仔緊張的過來了。

「你們看，為什麼阿伯家的距離一直沒有變短，而且始終在東北方？」我指向那棟白色屋子，「它從來沒變過，跟月亮一樣，我們怎麼走，屋子就在那裡！」

猴仔定神一瞧，低語聲幹，北猿臉色發白的啊啊喊著，明雪咬著手指，開始左右張望。

「阿伯！」明雪大喊著，「你家爲什麼一直到不了？」

「是不是迷路了啊？」北猿的喊叫聲有點哽咽，「阿伯？」

阿伯？北猿往右手邊看去，阿伯應該跟他一起在同一棵大樹旁休息，北猿面對著我們，阿伯獨自在側邊靠著樹幹坐下，但是當北猿一往旁邊瞧時，地上已經不見人影了。

「怎麼會……」瓊儀學姐的手電筒往那邊照去，地上甚至沒有人坐過的痕跡，她開始在附近尋找，「阿伯？」

別說她了，我們每個人都開始在附近的樹邊呼喚尋找，耀承學長緊張的試圖向下看，如果阿伯摔下去應該也會有聲音的！

「噢噢噢！魔神仔！一定是魔神仔！」大瘋居然開始喊叫著，「他故意誘騙我們離開主要道路的！」

「我們現在是不是迷路了！他故意害我們迷路的！」小瘋緊張的跑到筍子邊，「看看裡面是什麼！是不是眞的筍子！我們一路走過來都沒有竹林啊！」

我們七個大學生加社會人士就站在林子崖邊，看著那兩個國中生指著筍袋，一陣惡寒湧上，我們爲什麼沒有小屁孩的觀察力？是啊，沿路走過來誰看見竹子了？一根都沒有啊！那這些筍子是從哪裡跑出來的？

耀承學長按捺住山貓後直接朝小屁孩身邊去，山貓直接哭喊著不要開，但誰聽得進去！我們飛快的朝袋子集合，我還順手把小屁孩推到旁邊去，小孩子不要看。

「幹！」猴仔忍不住飆出髒話，抖手握住袋口。

「大家一起開。」我也緊揪住袋口，女生我不強求，她們忙著哭就夠了。

連倒數都不必，我們合力把那沉重的袋口打開——沙，一股腥臭味竄出，引得大家反胃噁心！

「嘔——」乾嘔聲四起，猴仔還眞的直接到旁邊吐了。

袋裡哪有什麼筍子！剛剛那些新鮮的嫩筍消失無蹤，取而代之的沉重的土壤，裡面還有大量的蛆蟲在那兒攢動！

「眞的是蟲！是蟲！」小屁孩毫無畏懼的衝上，大瘋還伸手往袋裡撈出一掌的蟲與沙土，「還好我們剛剛沒人想生吃竹筍！」

「遇到了……」小瘋的情緒像是急速煞車一般，突然呆呆的看著大瘋，淚水從眼角滑落，「魔神仔……」

我正作噁，實在沒空安撫小屁孩，拜託不要這時候情緒崩潰啊！

「對！我們遇到了！」大瘋竟滿臉激動，張開雙掌迎向小瘋，「山裡眞的有

魔神仔！」

「耶！」小瘋下一秒竟高舉雙手，喜極而泣的與大瘋擊掌，「超帥的！我剛剛有偷拍！」

「我也有！」

兩個小屁孩手拉著手，狂喜的在袋子邊歡呼著。

我們這群散開的大學生乾嘔或真的吐，還有人在哭在尖叫，實在找不到任何值得高興的因素！

我、們、遇、到、魔、神、仔、了、啊！

「到底有什麼好高興的！」猴仔暴吼一聲，抹了嘴上前竟然一巴掌就打飛小瘋，「你們在歡呼什麼啊！幹！」

小瘋真的被打到飛出去跌倒，完全措手不及，大瘋嚇得上前要扶住朋友，我也衝上去拉住猴仔。

「你幹嘛打他們啊？」

「現在都什麼狀況了，他們在笑屁啊！」猴仔居然是最崩潰的那個，「我們遇到什麼了！我們現在在哪裡——」

在哪裡……是啊，環顧四周，我們在樹林裡，前不著村、後不著店，完全不知道自己身在何方，要走回原來的地方也幾乎不可能了。

「我就怕這個，太多不祥的徵兆了！」山貓嗚呼哭喊，「我們要快點離開這裡！」

我趕緊從口袋摸出相機，「我剛沿路有拍照，或許可以知道怎樣回去。」

「我們走了一個多小時的路，現在走回去太費時間了！」明雪也已經拿出了手機手電筒，「萬一再迷路就更糟了！」

「可是往前走也不一定會有出口啊！」瓊儀學姐氣急敗壞的朝著天空大喊，「什麼叫好心有好報！馬的混帳！」

北猿亦激動得呼吸急促，事到如今我顫抖著手想找相片也不知能做什麼，腦袋一片空白，反而是耀承學長上前把小小屁孩扶起，拍了拍他身上的塵土。

「我們只是太害怕了，完全不知道會發生這種事，沒受傷吧？」他溫和的問著小瘋，男孩的臉上有幾分委屈，但還是搖搖頭，「不過你們好像很瞭解這種事嗎？」

「我們知道魔神仔。」大瘋氣燄也滅了很多，說話很小聲，「在山裡騙人的。」

「這傳說我們多半也都知道，但是現在怎麼辦？他不見了……留我們在這裡

是？」

「因爲我們發現他了，而且他也的確讓我們迷路了！」小瘋左顧右盼，「不過魔神仔已經盯上我們了，應該不會這麼容易放過我們，我們應該要快點找路離開！」

「對，不然我們要是一直走不出去會餓死的！」大瘋用力點頭，「像新聞常常會報的，有人明明很熟山路，卻突然被帶走什麼的！」

山貓啜泣焦急，「那快走啊，我們快點離開這裡！」

「要怎麼離開？」猴仔依然在失控中，「往前？往後？這裡連條路都沒有！」

轟——一道銀光閃過，所有人驚恐的抬頭看向昏暗的天色，幾秒後就是震耳的雷聲！

「打雷了！」北猿激動的大喊，「我們不能待在這裡！」

餘音未落，遠處一道雷殛，直接擊中了某棵大樹，火光遂起，樹木被劈下後倒下，牽連一整片樹葉沙沙聲！

「走！快走！」我趕緊回神大喊，「我們不能待在樹林裡！」

雷雨時，在樹下被雷打到機率逼近四成，我們在這密林裡就算沒被劈到，也容易被波及啊！我們每個人都知道這種機制，所以沒有人遲疑，抓起背包就是往前衝。

「猴仔，你行吧！」我與耀承學長一左一右拉起猴仔，「我拜託你振作點！我得靠你啊！」

猴仔咬著牙痛哭流涕，「馬的！幹幹幹幹！」

他低吼著，拿起剩下不多的水猛灌後，用力扔上地出氣，同時甩開我跟學長的手，他自己會走！

「手電筒都拿出來，不要用手機了，要保持電力！」我抓起背包上繫著的手電筒，「而且等等就要下雨了！」

才在說，豆大的雨珠滴上我的臉，十秒內大雨傾盆，但我們只能沒命的在極度昏暗的樹林裡奔跑；銀光陣陣、雷聲隆隆、飛鳥驚林，這黑暗的樹林只帶給我們無盡的恐懼而已。

而且……彷彿有另一組足音，就追著我們後面奔跑似的！

噠噠噠噠，我不敢回頭，我想到了稍早之前的林徑小道上，那掠過我後卻不見人的步伐！

「子母樹！」小屁孩突然指向十點鐘方向一棵大樹，交纏的樹已經枯死了，一如剛剛那阿伯……該死的魔神仔所言！

「不要過去！」山貓緊張的喊著，「說不定是陷……」

小屁孩哪可能聽她喊，他們行動力驚人，一個指向樹，另一個已經往左邊正對著樹的崖邊衝去了。

「到底誰讓小屁孩跑第一個的!!」猴仔咆哮著。

「他們跑那麼快誰趕得上啊！」瓊儀學姐也怒氣沖沖的回吼。

隱約看見應該是大瘋的身影在崖邊撥弄長草，緊接著他喜出望外的轉向我們，「這裡！眞的有——哇啊啊——」

眨眼一秒，那小屁孩就這樣掉下去了。

第四章 柳暗花明又一村

「哇啊！」小瘋衝上前，結果連下一句都沒聽見，他身子往後一仰，竟然也跟著掉下去了。

「不要啊啊！」北猿衝上去想揪住小瘋的帽T卻徒勞無功，整個人還狼狽的趴在地上！

耀承學長及時趕上，拉扯北猿的肩頭不讓他太沉重的撞向地面，然後蹲在崖邊，極爲謹慎的將手電筒往下照。

「……好痛喔！」下頭傳來聲音，「可是眞的有路，超滑的！」

咦？聽見有路，所有人加快腳步奔到崖邊。

那是條……勉強算路的斜坡，非常斜至少有七十度，但至少不是斷崖，沿途有樹幹可以當緩衝，只是我一想到這是魔神仔指引的路就全身發毛。

「你們上來啊！」北猿抹去一臉雨水喊著，「不要亂跑！」

下頭竟沒了聲音，我們又冷又打著哆嗦，在雷雨中濕了全身，雷電沒有稍歇的現象，大雨傾盆到都快遮去視線了。

「我們不能在雷雨中待太久……」明雪抖著音說，「雷一直打，說不定等等就會擊中我們。」

轟——嘩啦嘩啦，我覺得又冷又痛苦，我不知道該怎麼辦……該……噠噠達

噠噠，腳步聲踏過了水窪，喀啦。

後面有人。

我忽地顫了一下身子，這太清楚了，有人踩過了剛剛猴仔扔掉的礦泉水瓶。

「下去！快點下去！」我不顧一切的推著前面的猴仔，「快點下去！」

「幹！明仔你幹嘛!?」猴仔回頭甩開我的手。

「快下去啊——」我失控的大喊著，「我們要立刻離開這裡！」

或許我太歇斯底里，讓同學都呆愣，但我顧不得解釋，上前直接推了耀承學長，快點啊！

「出事了嗎？」耀承學長突然這麼一句，我驚恐的眼神或許道盡了一切。

下一秒，耀承學長毫不遲疑的就直接用嘴咬著手電筒，往下滑走，明雪咬著牙依序跟上，大家心裡就算有惑，但既然決定要一起離開，也就不再多話。

「啊……」山貓終於也有所感應，她抖著身子，拉過瓊儀學姐，「快點快點啊！」

女生的尖叫聲在這黑暗中聽起來超可怕的，加快了大家的動作，一個接一個的往那根本看不清的「道路」奔下去。

那腳步聲近到只差幾步了，我不顧一切的推著北猿加快速度，跟他一起滑下了那條滿是泥濘濕透的小路。

『嘖。』

我發誓，我聽見了上頭那惋惜的聲音！

小屁孩發現的路眞的只是斜坡，我們誰都站不穩，是半走半滑半滾半摔的往下，慶幸全是樹，所以不會有摔到底的狀況。

但是下去沒多久，我就看見了燈，那是路燈！

「路燈！」我忍不住歡呼。

「下面是馬路喔！」小屁孩的聲音有點遠，但聽得出來他用盡氣力在吶喊。

我跟北猿是最後抵達的，猴仔跟耀承學長分別在路邊協助我們安全下來，每個人又濕又痛，但是當站在水溝蓋上時，卻有說不出的激動。

我們站在馬路上，兩旁的路燈亮起，這是切實的柏油路啊！

「至少，走出林子了。」瓊儀學姐喃喃說著，疲憊的閉起雙眼。

我舉高雙手讓大雨洗掉手上的土與血，每個人多少都有擦傷或割傷，只是現在一時不覺得疼罷了。

「超冷……」明雪抱著雙臂，「我們也不能在這裡待一天吧？」

「邊往前走，等著搭便車。」我左右看去，不太知道方向。

瓊儀學姐抽出傘來撐著，雖然已經濕透了，但也不好繼續淋雨；其他人多半都穿防風防水的外套，還能再擋一擋。

「往下吧，應該是下山的方向。」猴仔指向左邊，「反正有車就攔，我們先找地方避雨。」沒有人有氣力多說話，大家依序往下走，小屁孩依然是最輕鬆的那兩個，還在吱吱喳喳討論剛剛遇到魔神仔的事。

「前面兩個閉嘴行不行?已經夠糟了，不要一直提可怕的事!」瓊儀學姐忍不住開口罵人。

北猿面有難色，「他們就……就很喜歡這種鬼故事啊，所以我們都叫他們大小瘋。」

「大小瘋……」我忍不住噗哧，「還眞貼切!」

「喜歡鬼故事……」耀承學長嘆了口氣，「所以你們該不會……盧北猿來登山，不是喜歡爬山，而是喜歡山裡的東西吧?」

「對啊!山裡有很多東西的!」大瘋還敢回頭認眞的說，「我們就是想來看看會不會遇到魔神仔!」

「居然遇到了!」小瘋還雙手合十，「太幸運了!」

「馬的——」猴仔又想上前揍人，北猿趕緊攔下他，「我們都這麼狼狽了，你們幸災樂禍啊！」

兩個小屁孩狐疑的回頭看向我們，「我們也很狼狽啊！」

但是我們很開心——我從他們眉宇之間讀到了這的確欠揍的訊息。

「……從出發開始我就覺得不對勁，那支湯匙本來就是警訊！」山貓一個人幽幽的開口，「不該來的，我們應該要快點下山！」

現在沒人會叫她閉嘴、或是說她陰陽怪氣，因爲山貓所謂的「徵兆」，現在倒是全部應驗了。

走了十幾分鐘，路上完全沒有車子，天色依然昏黑，大雨沒有減弱的跡象，最亮的光線來自不停劈下的雷電，也讓我們惴惴不安。

好不容易，回頭時看見遠方有車頭燈亮起了！所有人莫不欣喜若狂。

「咦咦！」猴仔立刻衝到馬路上去，雙臂交叉大幅度揮舞，「這裡！這裡！」我們都退到路邊，順便一起搖著手電筒的光線好引起來車注意，看高度是輛小卡車，從左方的彎道駛來。

「……爲什麼車子好像沒減速啊？」北猿瞇起眼，總覺得那台越來越近的小卡車速度好快喔！

是啊，那台車沒有減速也沒有按喇叭回應，猴仔也察覺到了，他緩下揮舞雙

臂的動作，皺著眉看向衝來的車子。

我跟耀承學長幾乎是同步衝向猴仔，把他往對向推去。

「哇——」車子疾速從我們身邊呼嘯而過，風力之大每個人都感受得到速度有多快，我倉皇回首，只看見那斑駁的車號，還有……扭曲的後車斗，以及根本沒有右後輪的輪胎！

「沒有頭！」對面小屁孩激動的指著車子，「他們沒有頭！」

「啊啊——啊——」瓊儀學姐恐懼的尖叫，抱著頭蹲下。

看著那台卡車揚長而去，從後頭看才能看出那車子行進之扭曲，只有輪框沒有輪子也能如此高速，果然不是普通車子。

「靠！」猴仔嚇得臉色蒼白，「他想撞死我嗎？」

「他們只是開他們的車啦！」耀承學長拍拍他，想撞死什麼的話，方向盤隨便一打，就撞死一票了。

「開車的人都沒有頭！」大瘋激動的衝過來跟大家說，「全身都是血，身上的衣服有印字，但是太快了看不見！」

「我看見輪胎是扭曲的，根本不可能開吧！」小瘋也在那邊說明，「而且他們的車頭燈根本都裂碎掉了，還會亮也眞奇怪！」

因為不是人啊！我開始覺得疲憊，如果連路上的車都是這種，那我們……到底離開魔神仔的掌控了沒？

「你們觀察得還真仔細啊！」耀承學長倒是稱讚起他們了，「這麼快你們也看得這麼清楚!?」

小屁孩們開心的泛出笑容，我真希望有他們這麼樂觀的心情。

「所以……我們現在在哪裡？」瓊儀學姐噙著淚站起，「該不會我們還在迷路中吧?或是在什麼平行世界中？」

「大瘋，你知道這是為什麼嗎？」北猿趕緊拉住大瘋，「你們不是對魔神仔很熟嗎?接下來他想幹嘛？」

兩個小屁孩認真的思考著，兩個人還煞有其事的低聲討論。

「應該是要讓我們迷路然後死掉而已。」稚嫩的臉說著嚴肅的話，還伴隨著點頭。

一點都令人開心不起來。

「山貓，」我看向對面的山貓，「妳知道有什麼……拜拜啦、或是破解法嗎？」

身為迷信，不，該說是對此有所感應或研究的人，應該知道一兩種方法，再不然她右手那刺眼的紅色佛珠，是不是也能保一下大家平安？

但是山貓沒出聲，她只是隔著馬路看著我們。

她的臉色慘白到極點，毫無血色，而且緊握的雙拳擱在胸口，不停的顫抖、顫抖……

「山貓？」耀承學長也趨前，跨過馬路到她面前，「妳是怎樣？」

下一秒，山貓竟翻了白眼，直接往後倒去！

「山貓！」

大家慌亂成一片，拼命的喊著山貓的名字，她卻只是在耀承學長懷間不停抽搐，瞪大的眼全是眼白，那模樣超級驚人，活像……

一個詭異的想法卻在瞬間自我腦海裡升起，撞邪？

「她會不會咬到舌頭？塞住她的嘴巴！」瓊儀學姐緊張的喊著。

「山貓有抽搐病史嗎？」明雪也焦急的問著。

女生打算拿小方巾塞入山貓嘴裡，就在這兵荒馬亂、我們還沒想到下一步的瞬間，山貓突然狠狠的倒抽一口氣，瞪大正常的雙眼，看著大雨的天空。

「我沒事了。」我還處於震懾之中，山貓卻冷靜的開口。

「咦？」耀承學長緊張的把她抱起，「妳開玩笑的嗎？真沒事了？」

「沒事了！」山貓搖搖頭，自己撐著學長站起來。

她抹去臉上的雨水，眼尾往我這兒瞟了過來。

不知道爲什麼，我潛意識打了個寒顫。

「妳別嚇人啊！」瓊儀學姐一臉驚恐，早嚇得花容失色。

「山貓，妳確定沒事了嗎？」明雪不停的探視著她，「可是妳臉色還是好白。」

「我眞的沒事了！」山貓竟微微一笑，那抹笑容讓我毛骨悚然。

不知道爲什麼，我總覺得現在這個山貓……感覺很不一樣！她原本狐媚般的貓眼變得邪魅，該一直恐慌的神色已不復在，反而一直藏著笑。

「妳……很怪啊妳！」連耀承學長都這麼說，打量著山貓，皺起眉頭若有所思。

「我沒事了……就是好冷！」她搓著雙臂，「我們找地方先躲雨吧，不能再這麼淋下去了！」

語畢，她旋過腳跟竟然往反方向走——往我們剛剛走下來的方向！

「喂！山貓！去哪兒？」猴仔趕緊叫住她。

「躲雨啊！」她頭也不回的說著，「往上面走應該有屋子的，剛剛我有看到。」

「咦？妳有看到什麼？」打著傘的瓊儀學姐一聽見有屋子可以躲雨，立即追上去了。

「我看見有間屋子在路旁，我們一路走來時我一直都在注意！」

「眞的假的？」明雪回頭問向我，「誰有注意到啊？」

我發現我開不了口，雖然我覺得這個山貓異常的詭異。

她之前只能算是奇怪，現在根本像是……另一個人。

「喂！山貓！」前方傳來瓊儀學姐的叫聲，「山貓用跑的了！大家快點！」

跑？跑去哪？所有人腦子都是一片慌亂，北猿還在想剛剛那台無頭駕駛的卡車，山貓一秒內變領頭羊，帶著我們往山上的方向走，也就是我們好不容易離開林子的地方。

不過當她奔過我們滑下之處，我略爲鬆了一口氣，至少她沒說要走回樹林裡才算數。

「山貓！等等！妳等一下！」耀承學長在後面喊著，「妳這樣沒頭沒尾的要跑去哪裡!?」

「我要躲雨！」山貓大喊著，「我不要再待在外面了！」

「這路上只有樹林去哪裡躲雨！」

「就在前面！」她回頭指向一個方向，「快到了！」

「幹，這句話阿伯也說過。」猴仔低咒著，卻讓我心生恐懼。

是啊，阿伯也說過……如果這個山貓已經不是我們認識的山貓呢？

耀承學長追上前，直接拉住山貓，不讓她再往前跑。

「要走多遠？妳不要走了一個小時還說快到了！」

山貓看向耀承學長，再轉向我們，「不會很遠，但是要是再不走，就走不到了。」

再不走，就走不到了……這句話讓人起了寒意，這是什麼意思？

「再走五分鐘。」我終於出了聲，「如果沒有，我們就下山。」

明雪暗暗抹著淚，她也在硬撐，每個人都深陷恐懼，只是忍著不讓自己崩潰罷了。

我也是，但是我多了份責任感，這是我發起規劃的旅程，我希望能讓大家平安下山。

所以我跟在山貓身邊，她跑我就跟著跑，她緩下我也跟著緩下，我不希望錯過她任何一個眼神或是動作。

三個彎道之後，一棟斜坡上的鐵皮屋進入我眼簾，我當場就愣住了。

「上面！真的有屋子！」猴仔大聲喊著，也是不可思議。

鐵皮屋在半山腰，有樓梯往上，屋子前方有著大片遮雨棚，這對大家來說根本是一大福音；馬路上路燈的高度雖不及鐵皮屋位子，但餘光仍勉強讓視線清明。

「可以躲雨嗎？」瓊儀學姐打著哆嗦問，每個人其實都已經冷到不行了。

「先上去再說吧！」到了上面再跟對方解釋就好！

我走在最前面，階梯不過十階罷了，大家躲進屋子前方的寬大遮雨棚，雷雨打在鐵皮上叮咚作響，還挺吵的。

外套就算防水，但下半身依然濕黏得令人不適，我們一行九個人站在人家前院，身上全在滴水，沒幾秒就匯成小河了。

「有……有人住嗎？要不要跟人家打聲招呼？」明雪一向就是細心。

「先按電鈴看看好了！不要讓人家以為我們是來搶劫的！」瓊儀學姐的思維實在很怪，爲什麼會跟打劫扯上關係啦！

大家你一言我一語的，山貓開始劇烈顫抖，唇色發白，耀承學長低聲詢問她幾句，她都只是勉強的搖頭。

小屁孩們倒是膽子很大，直接貼在人家窗戶上往裡面看，猴仔不耐煩的把他們拽離，順便教育這樣沒禮貌。

我動手按了門鈴，這麼一票人吵成這樣，屋主也該有防備了，還是先打招呼比較禮貌。

只是許久都沒人應門。

「沒人在。」大瘋小小聲的說，「裡面暗暗的。」

他們剛剛貼在窗戶看時，已經看見裡面了嗎？這兩小屁孩。

「燈是關的，天色這麼暗，照理會開燈的。」猴仔指了指我們頭上的燈泡，「前院的燈也沒點。」

北猿看到牆邊有個開關，扳動一下，前院的燈立刻就亮了。

雷聲隆隆不止，近到彷彿劈在我身邊似的駭人，而且一次比一次閃亮、一次比一次近；所有人無法習慣，依然不時的被嚇到而驚叫，就算可以躲雨，這裡也不是能待過夜之處。手機依然沒訊號，我們似乎還在深山裡。

「連打電話求救都不行。」瓊儀學姐試過打緊急電話，完全不通。

「我傳了LINE跟位置訊息，如果一有訊號應該會自動發出吧。」明雪的兩片唇都在打架。

猴仔突然戳我，用眼神示意，讓我往耀承學長的方向看，因爲山貓跟學長緊挨在一起，不知何時耀承學長居然摟著她了，而山貓抖得比剛剛嚴重。

我忍不住偷瞄明雪，她也眞沉得住氣，反而是瓊儀學姐的眼神快殺人了，直接瞪著山貓咧！

「山貓身體很燙！」學長突然出聲，「非常不對勁！」

嗯？身體很燙？我趕忙上前，顧不得一雙手濕漉漉的，就往山貓額上擱，果然溫度高得嚇人，山貓發燒了！

「怎麼了？發燒了嗎？」敏銳的明雪立刻上前，「哇，好燙喔！」

「眞的假的？怎麼辦？有人帶冰袋嗎？」學姐慌張起來，「還是讓她出去淋點雨，降點溫？」

拜託……學姐妳別再亂了！都發燒了還讓她淋雨！

我開始懷疑學長的眼光，爲什麼當初會跟這種天眞的女人走那麼久……啊當然有可能是因爲有的男人就喜歡這種天兵型的女人，稱之爲可愛！不過學姐絕對不是我的 Style……

我爲自己的想法覺得好笑，是啊……絕對不可能。

明雪飛快的拿出小毛巾，往外頭盛接雨水，擰乾後立刻置上山貓的前額！我們就地讓她躺下，可是她卻持續不斷的顫抖與囈語。

「溫度越來越冷了……再這樣下去她會更嚴重的！」學長憂心忡忡的看著她。

「而且我們根本不可能離開這裡吧！除非等雨停。」猴仔凝重的看著外頭斜路上的水瀑布，口吻亦凝重。

那能怎麼辦？現在前不著村、後不著店，外頭狂風暴雨，能有躲雨處已經很好里加在了，難不成要我去生一間屋子……

一間屋子？我往旁邊的鐵皮屋看。

這裡不正有一間屋子嗎！就算門是上鎖的，門邊的窗子沒有鐵窗，只要打破，要進去也不是難事……

小屁孩彷彿知道我在想什麼似的，他們兩個各舉一個花盆，就對著窗戶，還看向我等我點頭似的。

「喂！你們兩個幹嘛？」北猿緊張的攔阻，「你們要擅闖民宅？」

「可是山貓姐姐生病了啊！」大瘋理所當然，「我們現在需要地方躲雨啊！」

耀承學長回首，蹙眉緩緩站起身，「是啊，現在這裡的確沒人住，可是就這樣闖入，就是擅闖民宅了……」

「能……能到時跟屋主求情嗎？我們眞的是飢寒交迫……」瓊儀學姐連誇張

的成語都搬出來了，「加上有人生病，迫不得已才進屋的！」

「萬一人家不領情怎麼辦？」猴仔提出了質疑。

「但總不能讓山貓就這樣在外面凍一晚吧！」耀承學長接過了大瘋手上的花盆，「而且我們也不一定能撐得下去……」

「大哥，我們來吧！」大瘋突然伸手又想搶回花盆，「我們未成年，萬一出事罪比較輕耶！」

靠！眞虧得這兩個小屁孩想得眞遠啊！

喀——咿——

尚在爭論之際，眼前的藍色鐵門突然喀噠一聲，再順著風勢一刮，鐵門竟然就這麼在我們面前開了……

有沒有這麼神？我們才在打這間屋子的主意，現在屋子竟然自動開門，只差沒喊「歡迎光臨」！

「這是……」一夥人愣在原地，「也太玄了吧？」

玄！這太玄了！玄到我覺得死都不能踏進這間屋子裡！

幸好不是只有我這麼想，大家都安靜下來，一起看著那扇藍色的鐵門在風中咿咿歪歪的響，女孩子們抱在一起，猴仔沒種的明顯後退了兩步，耀承學長拉著

小屁孩後退。

「誰開的門？」猴仔緊張的抓著自己的衣服。

「是不是沒鎖好？我看它自己開的。」學長離門最近，「剛剛那陣風比較大，就聽見門開了。」

最好是啦！那請問剛剛前面那一聲「喀」是怎麼來的？那怎麼聽都是有人把裡頭的門子打開的聲音啊！我知道學長一向是理智派，但這種荒山野嶺，還是別那麼理性比較好吧。

而且我們才剛剛遇上魔神仔啊！

「要不要進去啊？這說不定是土地公保祐，讓我們有地方躲雨，還讓我們有地方休息！」學姐認真的開始拜拜起來，我好欣賞她的樂觀喔！

「裡、裡、裡面會不會……」猴仔臉色發青的說著，沒說下文，但是我能意會。

大家都能意會。

我想大家腦子裡都勾勒了可怕的場景，裡頭昏暗無燈火、霉味一定很重、四處都佈滿灰塵與蜘蛛網，幸運點我們可能會發現幾具白骨，再幸運點說不定會遇到山難的好兄弟……

決定了，我死都不踏進——

「不管了，再這樣下去亞晴會受不了！」學長簡直是一馬當先、身先士卒的拉開鐵門，大手就往木門的橫把上一擱——

果不其然，土地公連木門都保祐了，木門也沒鎖！

「學長！」我急忙拉住他，就算裡面是正常的，這種自動開啓的屋子要三思啊！

學長根本沒聽我說話，直接壓下門把，木門即刻推開，一陣微風從裡頭飄了出來。

所有人都因緊張而噤聲，緊繃著神經，看著學長的下一個舉動……或尖叫、或失控，每個人都恐懼著。

結果兩三秒工夫，學長找到門邊的燈，輕鬆一按，燈火通明，在我們錯愕之際，他已經回身走出，把躺在地上的山貓給抱起，從容不迫的走進屋子裡。

沒事？什麼都沒有？剩下的人望著我，又把確定情況這類苦差事扔給我！我只有無奈的搖頭，這就是該死的「領導人特質」！

我鼓起勇氣向右跨兩步，瞧見了屋內的乾淨整齊！這不但是人住的地方，而且是個相當整齊的住家啊！

「想太多了啦！」我終於笑了出來，「你們腦子裡想的都不會發生，ＯＫ？」什麼蜘蛛網、阿飄或屍骨全部都沒有！這裡的的確確是住家！

屋子坪數不大，但是簡單而舒適，一進門就是一個小客廳，沒兩步就是座面向左側牆面的長沙發，前頭自然有個長方型的黑色茶几，沙發是呈┓型的，因此還有另一個短沙發。

左側牆面自然是電視架，而長沙發背後的牆面是一大片櫃子，擺放照片與擺飾品。

進門後，長沙發與大櫃子間自然形成了走道，再往裡去，便能看到左邊的廚房、中間偏左的餐桌跟冰箱，右邊則有兩間房間，而橫長方形的房子底端有個一人寬一公尺長的短廊，廁所就在底間。

簡單來說，大門、沙發與櫃子的走道、與廁所是一直線的；中間的寬闊空間便是客廳、廚房與兩間小房間。

大家魚貫的走入，走在最後的猴仔還把門給好好的關了上；感覺得出來這間屋子到昨天爲止都還有在使用，因爲冰箱裡有吃剩的菜餚，客廳也有些凌亂，看來尚未整理過。

大家的想像力太過豐富，這裡是個具有人氣的屋子！

我聽著外頭的風聲鶴唳，請大家合作把窗戶給關好，甚至還上了鎖、貼上膠帶，以免風勢太大而吹破。

我們恭敬的使用這間屋子，在換洗之餘盡量也不弄亂，等屋主回來後該接受怎樣的後果，也有承擔的心理準備了。

最重要的是山貓，她從躺在客廳沙發後就再也沒有醒來過，女生合力脫掉她的濕衣服，找到浴巾什麼的先蓋上；我們使用冷凍庫的冰袋，希望山貓能快點退燒。

幸好我們自己的醫藥包裡有退燒藥，明雪硬讓山貓嚥下了。

第一時間當然是打電話求援，結果我卻發現屋內的電話線不通。

「電話線可能被風吹斷了！」學長這麼判斷。

「手機還是沒用！」我們都拿出手機，完全沒有訊號！「我記得就算沒訊號，打119也能通的。」

「對啊，就算沒訊號也可以撥緊急電話的！我上次在新聞裡看過！」明雪顯得很困惑，「有一對南投的護士在山裡翻車，雖然收不到訊號，但還是可以打119，她們是這樣獲救的！」

是喔，我都沒很仔細在看新聞……但事實證明怎麼撥打都沒有回應。所有人

都試了一輪，沒聲音就是沒聲音。

「我覺得沒訊號就是打不通啦！」猴仔無奈的放棄，「等雨勢小一點，我們再出去找地方看看訊號會不會好一點。」

大家產生共識後，先吃了點自己帶著的食物，就準備先休息睡覺。雖然今天走的路不多，但一路上的折騰難以想像，而且靜下來後，魔神仔的事再度浮現，那誘騙我們離開主要幹道的阿伯，只是惡作劇而已嗎？

時間才下午四點，我們卻已經疲勞轟炸，排了班表輪流看顧山貓後，身體極度渴望休息。

學姐跟明雪分別睡在兩間房間的地板上，北猿佔的面積最大，讓他睡在沙發與櫃子間的走道上，猴仔縮在短沙發上，累到蜷著都能睡。

山貓躺在長沙發上，學長自願輪第一班，伏在她身邊淺眠，我因責任緣故所以有攜帶睡袋，現下剛好用得著，所以便睡在門口的小塊位置，沙發側面。

小屁孩們有空位就躺，不過還是挨著北猿附近，但兩個人吱吱喳喳的，根本一點睡意都沒有。

鼾聲四起，連我都昏昏沉沉，但精神無法放鬆，因爲我無法忘記阿伯的出現、害我們迷路、還有那台卡車。

爲什麼？魔神仔這樣整我們是什麼意思？我背後的足音又是什麼？該不會一上小文山就被盯上了吧？正如山貓所說，這趟旅程就是不祥……我應該更加正視山貓所說的話，不該這麼鐵齒！

但事情如果重來，我還是會繼續這趟旅程，因爲我們不會信，而且什麼都規劃好了啊！

「你覺得我們可以拿照片出來看嗎？」這是大瘋的聲音。

「魔神仔會從手機裡跑出來嗎？」小瘋回應著。

「哎唷，好可怕喔！」騙肖仔，你這音調根本期待滿分値好嗎！

我撐著身子看向小屁孩的腳，「你們兩個，安分點。」

小屁孩即刻裝睡，有夠假的。

北猿的酣聲最大，震耳欲聾，外頭的雷都輸他。

我心裡浮現幾許不安，除了一整天發生的事、遇到的魔神仔外，就是山貓的反應……她像變了個人似的，帶我們來到居然眞的存在的屋子！

屋子還自動開門！不知道爲什麼，我覺得不該進來。

對……我睡得如此不安，就是因爲我無法安心的在這間屋子裡入睡！但身體卻疲累得無法動彈，精神上憂心忡忡，可以選的話，我覺得我們應該……

耳邊開始傳來一些莫名其妙的雜音，一會兒是雷聲、一會兒是雨點打在鐵皮上的聲音，而且還越來越誇張，活像是雨水成了鑽石，咚咚咚。

接著是低頻的聲調，這不知道是幻覺還是誰的鼾聲，然後我好像聽見了瓊儀學姐的尖叫聲、山貓的哭泣聲，今天發生的一幕幕，重新在腦海裡上演、重播、翻轉……

然後我看見那個阿伯，居然倏地坐在我身邊，安靜的看著我。

魔神仔！我嚇得無法動彈，阿伯卻伸手在唇上比了一個噓——

「明仔！」

好像有女生在尖叫！

天哪！我不能動！我竟然動彈不得！

滾——滾——井水不犯河水，你是什麼東西！滾開——滾開——

「喂！明仔！」

這一次是男生的聲音，而且伴隨著肩上的暖意，真實得令人心安。

我跳開眼皮，卻發現什麼也看不見，眼前一片漆黑。

我們失去了光源。

第五章

消失的同學

手電筒的亮光亮起，屋子裡多處亮光，沒有人知道怎麼回事，但是現在我們所處的屋子裡伸手不見五指，走動的人總是沒注意就絆到腳，哀叫四起。

外頭偶有交錯的閃電為我們增添駭人的光線，但實在沒什麼用；我們分配了資源，先開兩盞手電筒就好，不要同時耗電。

「電線也被吹垮了嗎？馬的！颱風進來了嗎？」猴仔又開始幹譙，我已經懶得糾正他了。

「好可怕喔……」瓊儀學姐她們也是惡夢連連，醒來就開始哭，「為什麼我們要遇到這種事！？」

這種情況要她們不害怕也難，白天離奇的遭遇、陌生的環境、詭異的屋子，還有黑壓壓的空間……黑暗總是容易挑起人的不安，這個我感同身受。

「山貓還好嗎？」明雪往沙發的方向看去。

「她都沒醒，可能睡昏了，不過燒開始退了。」學長鬆一口氣，感覺放鬆很多。

嗯……等等，我狐疑的皺了皺眉。

「耀承，你之前就認識山貓了嗎？」在我問話前，瓊儀學姐突然開了口。

「咦？」耀承學長明顯的閃過一絲心虛，「為什麼這樣問？」

「你挺在意她的啊！」瓊儀學姐的語調絕對稱不上客氣。

「而且，你還知道山貓叫亞晴……」北猿喃喃的說，原來他也早發現了。

雖然我們都是系學會的，但山貓跟耀承學長差了兩屆，其實沒有接觸機會。

耀承學長面有難色的低著頭，在此時，我意外的發現明雪的臉色也有點僵硬，氣氛突然變得很尷尬，這是我從出發就在擔心這種狀況，但是我原本以爲三角關係是存在在瓊儀學姐、明雪跟學長間，怎麼山貓會突然介入？

「學長，你要不要說清楚？我是不大清楚你跟學姐或是跟明雪之間的事啦……可是山貓喔，」我覺得我該說點話了，「你跟她感覺不像初次見面。」

哪有女友跟前女友一同出遊，他一路上卻特別照顧初次見面的學妹？就算山貓再正，也不可能那麼誇張吧？

「學長，沒關係的！」明雪出了聲，「不必顧慮我！」

我看到瓊儀學姐飛快鬆開了勾著明雪的手，眞的翻臉跟翻書一樣快。

「好吧，明雪只是幌子，她幫我掩蓋事實，讓大家以爲我們在交往。」耀承學長一派輕鬆，「眞的跟我交往的是亞晴，也就是山貓。」

什麼？山貓？畢業的學長、不熟的學妹——他們是怎麼交往的啊!?我偷偷瞄向北猿，我知道他暗戀山貓已久哩！

「……你意思是說，山貓才是第三者？」瓊儀學姐突然大聲嚷了起來，「她才是我們之間的第三者？」

「我們之間沒有第三者！我就討厭妳這樣，什麼事情都鑽牛角尖又一廂情願！我們明明已經分手很久了！」耀承學長不悅的朝著學姐，「妳知不知道山貓有多怕妳，怕到不敢公開跟我交往，我才找了明雪幫忙！」

「才不是！我們那時明明還在交往，你的心就不在我身上了！」學姐嗚咽一聲，開始哭泣，「我明明對你那麼好……你怎麼可以這樣子……」

耀承學長冷哼一聲，起身往山貓那邊走去，完全不想理學姐。

我向猴仔使了眼色，叫他趕快去安慰一下痴心北猿，暗戀山貓那麼久的北猿整個人都傻了，他想必也受到不小的打擊，沒想到一直在身邊的同學，竟然已經名花有主了。

眞是頭大，所以學長會來不是因爲明雪，是因爲山貓啊！

嘖嘖，感情的事眞是複雜，這一屋子七個人，就有如此錯綜複雜的感情糾紛。瓊儀學姐直接到餐桌邊去懶得理我們，明雪只能瞅著我一臉無奈。

「小屁孩在房裡嗎？」她在找話題。

「小屁孩？」我指向北猿，「他們沒跟北猿在一起嗎？」

明雪轉向猴仔與北猿，不解的看向我，緊接著起身到客廳那邊轉了一圈，「小屁孩呢？」

正在低潮的北猿一愣，抬頭仰望她，「我以為他們跑去房間了。」

「是嗎？房間不是女生睡的嗎？」耀承學長也很困惑，「我記得他們是睡在你附近啊，北猿。」

所有人精神立即緊繃，我起身直接往那兩間房間去，「小屁孩！你們是不是……」

一進房，以手電筒照明一圈，結果兩間房間完全沒有人影！

「怎麼會!?」北猿緊張起來，直接衝到最底的廁所，「大小瘋，不要嚇我！喂！開……」

廁所門輕易開啓，裡面也沒人。

小屁孩不見了。

「他們一定跑出去了！」北猿焦急忙慌，「我要出去找他們！」

「等等！北猿，你現在出去沒頭沒腦的怎麼找！」我急忙拉住他，「我剛剛就睡在門邊，門是鎖上的，他們怎麼出去！」

「如果他們沒出去的話，那人呢？」北猿都快哭了，「我把他們帶出來，我要——哇啊——」

正對著我說話的北猿驀地慘叫，整個人突然軟了身子往地上去，他及時抓住我的雙臂，但我反應不及也撐不住他的重量，跟著往地上倒！

「怎麼了？你怎麼了？」我緊張的問著。

「腳！我的腳好痛！」北猿痛苦的叫著，「有人扭我的腳！」

有人？我都跟著他跪上了地，硬要說北猿身後有人的話也是耀承學長他們，但是至少有兩公尺距離啊！

「光線！」我嚷著，明雪的燈光這才照過來。

北猿不停的喊痛，但他的腳完全沒有外傷，不過模樣的確很像向外扭動的樣子，我試圖要移動他的腳，卻得到呼天搶地的慘叫。

「不要動！眞的很痛！」北猿恐懼的緊抓著我不放，「我沒騙人，剛剛眞的有人拉我的腳！」

「怎麼會有人拉你？」猴仔也覺得不可思議，「剛剛附近就你跟明仔兩個而已啊！」

耀承學長就站在長沙發邊，明雪、猴仔或是瓊儀學姐全在廚房餐廳旁啊！

「就是有！抓著我的腳往外扭！」北猿哭喊著，「我的腳好像被扭斷了！」

這麼離譜的說詞，能不能信？問題是，北猿是不會說謊的人！

況且說這種謊也太扯了！他不鬆手我無法幫他，所以明雪跟猴仔就協助檢查他的腳，輕壓他就大叫，狀況其實很不妙。

「好像真的傷到了。」猴仔小心翼翼的拉起北猿的褲管，耀承學長也過來幫忙。

結果褲管下是紅腫的小腿與腳踝。

怎麼會？前一秒還好好的，嚷著想去找小屁孩，為什麼下一秒會腫成這樣？

「剛扭到也不會腫得這麼快吧？」耀承學長運動方面很強，這種傷害他比我們瞭解，「你這好像……不是剛發生的。」

「就是剛發生的，我說了，有人拉住我的腳！」北猿驚恐的跳針，只是讓氣氛更僵而已。

情況夠糟了，拜託不要再怪力亂神了！

「他不能走了。」

輕揚的聲音突然從沙發那端傳來，嚇得我們魂飛魄散，長沙發上曾幾何時坐直一個身影，我們瞪大眼睛，看著山貓竟然好好的端坐在沙發上，背對著我們。

耀承學長急忙的繞進茶几邊，「山貓？」

另一支手電筒是在學長手上，只見山貓緩緩站起，轉身朝向在沙發背後的我們，嘴角還帶著淺笑……山貓的笑容與表情給人無上的恐懼感，她彷彿不是人，至少從她身上感覺不到人氣啊！

「該交代的都交代清楚吧，」她突然冷冷的笑著，冰冷的眼神瞪著我們，「你們的時間不多了。」

餘音未落，山貓整個人忽地癱軟下去。

耀承學長飛快接住她，但就在她倒下去的瞬間，屋子裡突然亮起燈光，恢復了所有光明！

「亞晴！林亞晴！」學長緊張的叫喚著她，我們則爲恢復能見度高興五秒鐘。

「嗯……學長？」山貓總算轉醒，在她被學長攙起的那個瞬間，我發誓我看到一抹黑影從她身上竄出！

「啊呀——」身後的瓊儀學姐忽地尖叫，「剛剛那是什麼!?」

「明仔！你有沒有看到？有個黑色的影子！」連明雪也指向了山貓！

可惡！不是只有我看到更糟啊！這屋子裡每一個人都瞧見了，眞的有個東西從山貓身體跳出來……

然後，跟我們同處在這間屋子裡!?

「咦？這裡是哪裡？」山貓醒來後第一句話，更是語出驚人。

這下好了！山貓最後的記憶就只在卡車飛掠了，她還問猴仔不是要攔車嗎？他們現在為什麼在這裡？甚至還以為是卡車上好心人載大家到這裡來避雨咧！

我跟猴仔合力把不停哀鳴的北猿扛到短沙發上去，明雪拿冰袋給北猿冰敷，瓊儀學姐依然是一副全世界都對不起她的模樣，一個人窩在餐桌邊。

耀承學長開始耐心向女朋友解釋，我擔心的是等到學長簡單解釋完畢，事情會更糟！

山貓本來就對這類事情頗有感應，一開始說會出事的也是她，我很難想像當她知道這些異況及自己可能被附身之後，會有怎麼樣激烈的反應。

「喔，是這樣嗎？」極度異常的，山貓竟鎮靜自若，「那……北猿你現在還好嗎？」

「還是很痛啊！」北猿看著自己腫脹的腳，「我的右腳痛得像快炸開了。」

炸開，這形容詞真好，北猿的腿本來就很肥了，現在因為腫起來，皮下那透著紫紅色的瘀血，真的很像顆紫色水球。

北猿的痛我們無能為力，他說有人扭他的腳也難以查證，剛剛屋子烏漆抹黑的誰看得到！而明雪也拉開與山貓的距離，畢竟每個人都看見從她身上彈出的黑

影了。

接二連三發生奇怪的事情，誰都無從解釋起，外頭依舊風大雨大，但是沒人敢討論剛剛發生的任何一件事情。

「我去洗手間。」瓊儀學姐突然站起身，扳著一張臉轉身往後頭的廁所去。

「學長！學姐好像很生氣耶！」學姐才剛關門，明雪立刻趨前開口，但一樣不敢靠近沙發，「從剛剛知道你跟山貓的關係後，她臉色就很難看！」

「咦？」山貓一怔，「瓊儀學姐知道我們的事了？」

耀承學長敷衍的點點頭，「我有什麼辦法！她一直都這樣，我跟山貓交往時，早跟她分手半年了！」

學長再度呈現不耐煩的神色，我想他真的對學姐已經沒有好感了。

鑽牛角尖加一廂情願嗎？學姐說不定真的是這樣，然後佯裝天真與快樂，掩飾自己的痛苦。

「我覺得……你們的感情紛爭，是現在最不需要擔心的事耶。」猴仔幽怨出聲，「你們不覺得……哪邊怪怪的嗎？」

「啊……大瘋他們！」北猿一平靜下來，就想起了小屁孩們，「拜託！明仔，幫我去找大小瘋！」

我頭痛，頭眞的很痛，「他們也不是眞的小孩子，都十五了，出去玩的話會回來的！我們跑出去萬一迷路更糟，應該是要守著據點才對。」

「沒錯，不能分散，屋子還在，小屁孩就有回來的地方。」猴仔悄悄瞥了門口一眼，我知道他在想什麼。

木門的門閂是上鎖的，一如我們進入房子後一樣，小屁孩如果眞的出去，那他們拿什麼鎖門？

這些事我發現了卻不敢細想，總覺得認眞推敲，會發現可怕的眞相。

「你們認爲我們被困住了嗎？」耀承學長穩重開口，「像鬼打牆一樣，從頭到尾都沒有走出過樹林？」

「什麼？」明雪刷白臉色，慌亂的顧盼左右，「我們不是在屋子裡嗎？爲什麼說沒走出樹林……」

「小屁孩一直在喊的有聽見嗎？魔神仔會讓人們產生幻覺，以爲自己到了別的地方，吃著大餐美食，其實是蟲卵沙土。」小屁孩說的話我是記得詳細，「所以……」

我身後傳來嗚咽聲，「可是明仔，我腳眞的很痛啊！這也是幻覺嗎？」

呃……我回頭看向北猿漲紅的臉，對啊，如果是幻覺，北猿痛成這樣也該醒

了吧？狐疑的才正首，迎面而來就是一拳！

「哇啊！」我鼻子痛得快裂開了，「幹！誰？」

向後仰躺在茶几與長沙發間，頭還差點撞到短沙發的邊角，我摀著鼻子撐起身子，看見握拳的耀承學長，還狐疑的瞅著我。

「所以會痛嗎？」他坐在茶几邊角，好認眞的看著我。

「學長！」我低吼出聲，「痛死了！」

「噢，那好。」他微幅點頭，坐直身子，「看來這屋子應該不是幻覺了！」

哦——一旁的猴仔還擊拳在掌心上，說得也是厚，連我都會痛了，我們所處的屋子應該不是幻覺——幹嘛找我試啦！猴仔就在耀承學長旁邊耶！

「可是……」明雪小心的說著，「這裡本身……也很奇怪。」

她說話很小心，話尾剛落外頭便雷聲隆隆，又驚得她顫動身子。

這間屋子當然奇怪，先不說小屁孩的消失，剛剛從山貓身上彈出來的影子，應該也還在這棟屋子裡吧？我怎麼想都覺得那是魔神仔……他根本一路尾隨著我們、趁機上山貓的身，然後再度跟我們共處一室——我們不該有冒犯他吧？我們只是好心的要幫一個受傷的老人家而已啊，爲什麼會遭此……

「哇呀——」

尖叫聲突然從廁所傳出，嚇得我們跳了起來。

「……學姐？」我們這才發現瓊儀學姐進去有點久了！

「學姐！」我即刻回身往屋子底部衝，屋子真的很小，客廳餐廳廚房都是同一個大方塊，唯一有的兩步小短廊，底部就是洗手間。

門上的窗還透著光，啪的一隻手從裡頭擊上玻璃窗，「救我！」

什麼!?我急切的動手拉著門把，裡面是上鎖的！「學姐！開門！妳開門！」

「呀——呀——救命救我！」瓊儀學姐的尖叫聲歇斯底里，「這屋子、這間屋子有問題！」

走道只有一人寬，猴仔要幫忙也只能側身，「這門是推還是拉啊？」

「拉啦！我確定！」我使勁扭著門把，「學姐，妳先開門，幫我打開……」

後面傳來耀承學長的低吼聲，「讓開！」

這麼窄怎麼讓啦！我跟猴仔雙雙貼著牆還得縮小腹，然後學螃蟹走路的往外頭移動，好讓從廚房拿了菜刀的耀承學長直接衝向門把，一刀刀的砸向門把。

「啊啊啊——哇啊——」廁所裡傳出了慘叫聲，在耀承學長擊壞門把的瞬間，那扇玻璃窗濺上了鮮血。

「啊！」明雪掩嘴驚叫，幾乎與瓊儀學姐同步。

門把一破壞，耀承學長即刻拉開門，學姐剛巧就在他面前……嚴格說起來，她是鑲在牆上的。

學姐的右半身幾乎沒入了牆裡，鮮血如注，還能活動的左手一看到學長，驚恐的伸長手要求救。

「啊啊……好痛！救我！」

不說耀承學長傻了，我們都傻了，但耀承學長還是及時拉住她的左手，可是學姐的左手也都是血，身上處處是傷口，血液讓手滑膩到我們難以緊握。

我深吸一大口氣，大膽的閃身進入廁所，好從上臂扣住學姐。

「啊啊……不要，好痛！好痛！」瓊儀學姐痛苦的被往右邊扯，連我們都能感受到拉力，「它要吃了我！它們要吃了我！」

「不要放棄，王瓊儀！」耀承學長大吼著，使勁把她往外拖，「妳不是這麼輕易放棄的人！」

這不是放棄不放棄的問題啊，學長！

瓊儀學姐的右半身已經被屋子吃進去了，我們根本拖不出來不是嗎……啊！我突然想到什麼，遠遠的朝外喊。

「山貓！山貓——妳的佛珠借一下！」

如果這是魔神仔的話，說不定……我還在思考，瓊儀學姐的手突然從我掌心間滑掉！

我趕緊再抓住，牆居然加速吞掉她！

「我不想死——我不想死——」她幾秒內被吸入牆裡，最後掙扎伸長頸子哭喊著，「我喜歡你，耀承，我……」

啪嘰！學姐的身子全數被牆吞入的瞬間，炸開了一大片血花，在廁所的我們三個首當其衝，閃都閃不掉，緊閉起雙眼感受噴濺在臉上的液體，絕對不只是血！

「哇啊！哇——」明雪的尖叫聲從外傳來，我緩緩睜開雙眼，白色的磁磚上滿是鮮血，卻已經不見瓊儀學姐的身影。

來不及抹去臉上的血，我在意的是我們的手上依然握著……瓊儀學姐的左手。

殘肢斷臂就握在手掌心裡，我剛拉著她的上臂，耀承學長則依然握著她的手腕……瓊儀學姐，只剩下一隻手臂。

「啊啊……哇！」猴仔發出歇斯底里的叫聲，連連踉蹌往後跑，緊接著就是摔倒的聲響。

我回頭看向耀承學長，他緊蹙著眉心，彷彿還沒意會過來這是怎麼回事般的冷靜，看著他臉上的血與……某些組織，一陣反胃終於湧上。

「嘔——」

這屋子會吃人，我們都看見了！

學姐就這樣消失了！

望著血跡斑斑的廁所，有某種名之爲希望的力量從我們身上抽走，同時灌注了大量的恐懼，讓每個人身陷恐慌。

我們洗掉臉上的血，發現水龍頭出水量極小，所以我便機警的先進行蓄水；瓊儀學姐的左手殘肢我們放在浴缸裡，將浴簾拉起來，必須眼不見爲淨。

我得一直保持忙碌，才不至於精神崩潰。

「我不要待在這裡了！你們爲什麼還能坐著!?」猴仔逼近發狂，「我要離開這裡！這種地方我一刻也待不下去！」

他直接往門口衝去！

我從廚房往客廳看，誰不是驚懼交加？臉色慘白？看著猴仔連東西都不帶的

就直衝門口，還因爲手抖得厲害，連開鎖都遲緩。

好不容易拉開木門，他直接就扳開鐵門的鎖便往外衝……所有人都在客廳裡呆望著他衝出再被彈回，不知道是無法反應或是已經失了神。

「開門啊！開……」猴仔扳動門鎖的聲音好明顯，但是他卻怎麼都撞不出去。

耀承學長不動聲色的回首看著我，「我怎麼覺得不意外。」

「猴仔！」我這才移動腳步上前，是啊，我也不意外。

這屋子都能光明正大的吃了學姐，怎麼可能會讓我們走！或許不是這屋子，而是潛藏在屋子某個角落的魔神仔，那個從山貓身上彈出的東西！

「打不開啊啊！爲什麼打不開!?」猴仔抓狂的回頭看著我，「明仔！快來幫我！我們不能再待在這裡了，會死的！大家都會死的！」

明雪縮在短沙發上，雙手緊緊掩耳，「不要說了！」

我無法拉住猴仔，只能任他費盡氣力的撞門，難道猴仔都沒看見門外的情況嗎？

那扇應該是雕花鏤空的藍色鐵門外頭，竟然一片漆黑，什麼也看不見！稍早北猿打開的燈已經暗去，儘管客廳有燈光照出去，蹲在猴仔身邊的我，也瞧不清外頭的任何景物！

徹頭徹尾的黑暗，極度的不尋常，就算外面的燈泡壞掉好了，那路燈呢？再怎樣都會有餘光，而且客廳的燈往外照，也不會絲毫瞧不見外頭的景物！

這種不可能的漆黑，比打不開的鐵門更加令人毛骨悚然！

「搞什麼！幹！」猴仔摀著自己撞門的右手臂哀叫。

「你讓開。」我還是上前，確定每一道鎖都已被打開後，輕輕的扳動鐵門……

不能開，這扇鐵門彷彿卡死一般，怎麼推也推不動。

「明仔？」學長喚我，我想他只是要個明確的答案。

我回頭疲憊的看向大家，搖了搖頭。

「怎麼可能！明明鎖都打開了！」猴仔跳了起來，一把把我給推到後頭去，然後拼命的撞著門，「開門啊！開門啊——我們到底招誰惹誰了！」

我踉蹌向後，看著猴仔不死心的繼續試圖撞門，那扇鐵門依然屹立不搖，紋風不動……甚至連一點點撞擊的凹痕都沒有！

無法行動自如的北猿趴在沙發上低泣，為了瓊儀學姐、為了自己疼痛不已的腳、也為了消失的小屁孩……我們都心裡有數，屋子吃掉的第一個人只怕不是學姐，而是那兩個很吵、對遇到魔神仔超興奮的小屁孩。

山貓還是平靜得讓我害怕，或許因爲她是實體的，我覺得她比這間屋子更令我恐懼，因爲我根本不能確定她是不是我認識的那個「山貓」。

耀承學長就是揉著眉心，他困惑無力，但也不怎麼想浪費氣力。

「爲什麼會出不去……不就一扇門嗎？」蜷在北猿旁邊的明雪也開始緊張，她轉身往房間裡跑去！「我就不信！」

「唉。」耀承學長這才站起，「我去另一間看看，窗戶沒有鐵窗，如果可以出去的話……」

「學長小心！」我反而很緊張，因爲屋子會傷害我們的話，落單會有危險！

「扶我起來！我也要幫忙！」北猿意圖移動身體，結果重重的跌上了地，「我的腳……啊啊啊！」

「北猿，你不要動了！」我焦急的上前，拜託，你那麼重我很難扛上去耶！

「明仔啊啊，哇啊啊啊……」這麼大塊頭的男孩，哭起來就像小孩子一般，抓著我嚎啕大哭。

他眞的很重……我吃力的想把他扶回沙發上，但激動痛哭的他根本扛不動啊！

「北猿，你冷靜點，先回沙發上。」山貓突然過來幫忙，我其實嚇了一跳。

北猿抽泣不止，自己撐著沙發加上我們合力，好不容易才把他挪回短沙發上，山貓蹲下來檢視他的傷口，眉頭越皺越深，那模樣讓人覺得絕對沒好事。

不說我也看得出來，北猿的腳腫得更誇張了，已經變紫色的小腿腫脹到皮變得很薄很薄，血管青筋浮現，眞的很像隨時會爆開的水球。

「內出血好嚴重，到底怎麼受的傷？」山貓才輕輕觸及北猿的皮膚，他立刻痛得哀哀叫。

「有人扭我的腳……有……」北猿原本要重複他的眞實遭遇，之前我們都覺得荒誕，但學姐的事件後，我突然相信他所言。

是這屋子扭了他的腳？或是咬了他的腳？這讓我趕緊查看北猿的小腿，不過沒看見什麼齒痕，或是其他開放性傷口。

「呀啊——啊——」明雪的吼叫聲從裡面傳來，我聽到她拿東西撬著窗戶的聲音。

「求求你開門！不管是誰！」猴仔到餐桌那邊搬過椅子去砸鐵門，聲聲鏗鏘擊得我心寒！

我不知道能做什麼，我只能看著發狂的猴仔以及……冷靜的山貓。

是啊，山貓的平靜面容不見一絲波瀾，我甚至瞧不見恐懼，這讓我迅速清

醒，趕緊起身，準備去阻止猴仔或是幫耀承學長及明雪。

「我要出去！」猴仔倏地回頭，「這間屋子有問題！對不對，山貓？」

他莫名的望向山貓，眼底是無盡驚慌，希望得到一個答案！

他想要什麼答案？希望山貓說：是，這間屋子有問題！還是希望她說：這只是巧合！

不管哪一個，已經沒有一個答案能夠讓大家平靜下來。

「都不要再吵了！」我忍無可忍的低吼出聲，「現在慌亂對我們沒有好處！猴仔！別再敲了，出不去就是出不去！」

「下一個是不是我？為什麼要扭我的腳？」北猿嗚呼哭喊，「我會跟瓊儀學姐一樣，被這房子吃掉嗎？」

我什麼都無法回答，我又不是這間屋子，事情不是我做主啊！

明雪跟耀承學長雙雙走出，或許是聽見我的咆哮、或許是北猿的驚恐，至少大家有幾秒鐘的冷靜，我必須把場面控制下來，如果大家都陷入瘋狂，一定會出事的！

嘩！水潑上北猿的頭，一旁站著拿著杯子的山貓。

「我在這裡，北猿。」她溫柔的說著，蹲下來握住北猿的手，「大家都很害怕，不只是你，但你一定要冷靜……我們都在這裡陪著你！」

「山貓……山貓……」北猿是我們之中體型最勇健的，但心卻是最柔軟易懼的，他抓住山貓繼續痛哭失聲。

「明雪……」我看著她，明雪手上拿著不知道哪裡來的條狀物，或許剛拿來撬窗的，但現在頭髮紊亂，神情沮喪。

「打不開，窗戶完全……」她淚水決堤，一旁的學長趕緊安撫。

「我不要坐以待斃！我不會跟瓊儀學姐一樣的！」猴仔只消停個幾秒後，舉起椅子繼續砸向鐵門！

「猴仔！」我衝上前從後面抱住他，把他往後拖，「冷靜！你冷靜一點好不好！」

「我還冷靜個屁啊！有本事你把學姐叫出來，我就冷靜給你看！」猴仔邊說，再度把我掙開，「再不出去，我們全部都要死在這裡！」

每次玩摔角我都是手下敗將，當猴仔抓狂之際，我更不可能是他的對手！

「滾開！」猴仔他雙眼滿佈血絲，幾乎失去了理智，「誰都休想阻止我出去！」

然後他縱身一跳，跳上沙發，目標改成門旁邊那扇玻璃窗。

我緊張的站了起身，但是耀承學長突然拉住我，彷彿是說，那扇玻璃窗如果破了，大家也能方便出去，沒有什麼不好的！

是啊，我也想出去，誰想待在這間屋子裡……我倉皇回首時，看見了嘴角鑲著淺笑的山貓。

妳笑屁啊！我超想這樣怒吼。

猴仔先把之前黏的膠帶撕開，再高高舉起椅子，狂叫一聲，用力的往玻璃窗砸過去！

啪——嘰——一瞬間，大家都聽見玻璃的碎裂聲了！

我跟學長喜出望外的衝過去，果然瞧見玻璃裂開了，這個時候我們絕對鼓勵猴仔再一擊，大家就可以從這裡出去了！

猴仔興奮的再揮動椅子，重重的往玻璃窗砸過去，整扇玻璃窗幾乎全碎了，但是我的笑容卻因此僵在嘴角。

那是一扇一公尺見方的窗子，一公尺見方的玻璃全部碎裂……但卻沒有一片玻璃往下掉……連學長都震撼得向後退了幾步，那些玻璃碎片應該要落地，卻宛似懸浮般的飄在原來的窗框裡。

「嗚哇！嗚哇哇！」猴仔終於完全崩潰，大哭大喊的扔下手中的椅子，俯下身去，試圖把玻璃碎片們往外推！

我跟學長默契十足，兩個人立刻跳到猴仔身邊，助他一臂之力，也幫助我們得以逃脫！

但是……不動！我戰戰兢兢的推著一片碎片，但它就跟那扇藍色鐵門一樣，紋風不動！

「這是……這是不可能的……」耀承學長整張臉瞬間刷白，嘴唇微微顫抖起來。

就在我們同時注視著碎裂玻璃窗的那一秒，所有碎裂的玻璃縫竟開始密合，在我們面前補齊了！

眨眼間，又變成一扇完好無缺的玻璃窗！

「哇哇……啊啊啊啊啊啊——」猴仔瘋狂尖叫，他嚇得自沙發往後退，踉蹌的撞到了桌緣，情緒正式崩潰，連爬帶滾的一路躲到了餐桌下，摀住雙耳不停的粗嘎叫著，「是魔神仔！他要我們死！他盯上我們了！」

「閉嘴！」明雪尖吼著，誰也不想聽見魔神仔。

我跟學長同步緩緩後退，離開玻璃窗前，無神的頹坐在沙發上。

「我不信！我不信！」明雪的聲音從後面傳來，我已經無法管她做什麼了。

我聽見椅子的聲音，她大概想去砸破房間裡的窗戶吧？我全身血液彷彿都被抽乾似的，離不開沙發，我站不起來……

緊接著聽見玻璃窗被打碎的聲音，幾秒後便傳來明雪歇斯底里的尖叫聲。

她連滾帶爬的從房間裡衝出來，不必說我也知道裡面發生了什麼事，她開始哭泣，北猿還跟她二重奏，抓著身邊不發一語的山貓。

我突然意識到一件事，我們或許早在學姐被吃掉前，就已經離不開這裡了。

只是不知道錯誤的那步在哪裡？在進這間屋子？還是根本不該穿過那芒草堆，踏上草原，遇上了那位魔神仔？

第六章
誰是下一個？

『7月4日

消失了！為什麼人會消失？

拜託……誰來救救我們！我們現在到底在哪裡？外頭的風聲好似鬼哭神號，好像有好多人用指甲在刮著玻璃窗……我們出不去了！真的出不去了！

鐵門不知道被什麼東西擋住，開關轉得開卻出不去，每一扇窗戶都打不開，手機訊號全部不通，連屋子裡唯一的電話線也都斷了……瓊儀學姐被屋子吃掉。

這屋子裡有什麼……我們都知道，雖然大家嘴上不說，但是這屋子裡面是有什麼存在的！所以我們被看不見的東西困住了！逃也逃不開，說不定、說不定下一個就是我了！

為什麼要到這裡來……早知道就不要來了！

救命！救救我們！誰來救救我們啊！』

我呆看著攤在桌上的日記本，握著筆的手一直不住的發抖，日記本來是用來記錄旅行的點點滴滴，我沒有想到會用來記錄這份經歷與恐懼。

時間又過了一天，現在是我們昨日進屋後的隔天下午，大家在哭喊與嘶吼過後失去氣力，不停的被絕望侵襲；猴仔昨天開始就縮在餐桌底下不再出來；明雪坐在短沙發前的地板上，時睡時驚醒；而北猿陷入高燒高熱，開始長時間昏睡，

山貓竟負起看顧他的責任。

耀承學長反而是最冷靜的人了，他或坐或躺在長沙發上，倒是睡得很熟，早上醒來後他開冰箱想弄點吃的，但擔心吃下去的都是土或是蛆蟲，於是作罷。

由於不知道會被困在這裡多久，也不知道該怎麼離開，我們都不再採取激烈行動，並且節制飲食，必須讓自己有食物吃；水也所剩無幾，昨天我蓄的那些水大家均分後，水龍頭再也流不出水來了。

魔神仔到底要什麼？活活餓死我們嗎？不……如果是這樣，他不需要急著吃掉瓊儀學姐。

我睡不著，拿出剩下一半的三明治吃掉，再打開蘇打餅乾偷吃一片，但心情也沒有變好，一整夜依然感受著絕望；我在一間有明亮燈光裡的屋子裡，風雨聲沒有停過，那雨勢依然大得驚人，雷電交加未止，最可怕的是我昨天看向窗戶時，瞧見了外頭有枯竭的手指刮著玻璃窗，像是想進來似的渴望。

好像只有我看到，所以我沒有說，現在最不需要的就是恐懼。

餐桌下的猴仔靠著椅子睡著了，我放輕聲音坐下來，聽著外頭可怕的風雨聲，堅持紀錄我的日常生活，或許是人生最後的日記。

因爲安靜，所以我仔細觀察過四周的情況，外頭的風雨聲的確沒有減小的趨勢，但我怎麼覺得幾乎是以固定的頻率在運作？這場風雨非常奇特，彷彿是道具雨似的。

我大膽的站在雕花鐵門前好幾次，我想起看過的一部漫畫，有個少女被困在自己的家裡，後來拼了命的逃出去後，發現整間屋子竟然飄浮在外太空裡。

我現在就有這種感覺，我們彷彿遺世而獨立。

廁所裡怵目驚心的血跡沒有因爲睡醒而消失，瓊儀學姐與小屁孩的確被吃掉了，拉開浴簾，扯斷的左臂依然在浴缸裡，再再告訴我現實的殘酷。

逼近二十四小時的安靜，這間屋子把我們鎖在這裡，卻自吃掉瓊儀學姐後沒有任何動靜，從山貓身上彈出的黑影似乎也沒有出現。

我們究竟哪裡錯了!?

「嗯……」北猿再度囈語，我走過去探視他。

北猿越來越虛弱，臉色越來越白，呼吸也越來越弱，額上的溫度越來越高，吃過退燒藥也沒有效果，至於他的右腿……已經脹到原本的兩倍大了，這時我佩服皮膚的彈性極佳，同時也對裡面的瘀血感到擔憂。

有人點了點我的手臂，山貓不知何時醒來的，衝著我淺笑，我對她依然……很有防備。

「你餓嗎？」她小小聲的問著。

我搖了搖頭，低聲說：「幾小時前我吃過了。」

我想這是壓力過大的潛意識，因爲我怕現在先吃掉東西，要是未來幾天餓死怎麼辦！

「唔！」突然間，我面前的北猿震盪身軀，悶哼出聲。

「北猿？」我迅速的蹲下，他整個人開始劇烈的在沙發上抽搐，「壓住他！快壓住他！」

我這一叫把大家都驚醒了，耀承學長先是睡眼惺忪的看過來，然後反應極快的跳起，立刻過來幫我壓住不停抽搐的北猿！

「猴仔！」我抽空往左後方的餐桌下看，「你給我出來幫忙！」

「啊啊！我們要死了！我們要死了！」猴仔一醒來就是持續性幫倒忙的歇斯底里，「屋子要吃掉北猿了！」

「唔呃——唔呀——」北猿絲毫沒有停止抽搐的現象，但他是有意識的，因爲他望著我的時候眼角滲出了淚。

被驚醒的明雪很快的幫忙壓住北猿，我沒想到這種緊急狀況下，我一直信賴的猴仔竟無法依靠，而不期待的風雲人物及女生們卻有用得多！

「北猿！呼吸！深呼吸！」山貓雙掌壓在北猿的胸膛上，用全身的力氣壓制他，「深呼吸！」

「呵——」北猿瞪大淚眼狠抽口氣，哽住了兩秒後，竟瞬間停止抽搐。

他漸漸緩和下來，然後癱在沙發上頭。

「北猿，你醒醒！」我不客氣的拍著他的肥臉頰！

「……明仔！」他那雙眼的眼皮像千斤重似的，吃力的睜開，「明仔……我、我覺得好累喔……我的腳眞的痛到不行了！」

北猿的呼吸明顯的變沉重了，而且他好像連手都舉不起來，很像大一體育跑五千公尺考試後，整個人力氣耗盡，躺在操場上廢掉的模樣。

「他的腳太扯了，我們能不能放血啊？」耀承學長看著那兩倍大的粗壯紫色大腿，任誰都會不安。

「燒一直沒退啊！」明雪用耳溫槍一測，「四十二度！」

四十二？人是能燒到四十二嗎？那是煮腦子吧！

「他要死了……北猿是不是要死了？屋子要吃下一個人了！」猴仔完全不正常，在桌底下又哭又叫又狂笑著，「大家都完了！完了……」

「閉嘴！」我不耐煩的吼著，我們已經夠害怕了，不需要再多個人在旁邊多嘴！

「北猿，你餓不餓？我弄東西給你吃好不好？」明雪憂心忡忡的搖著他，「我看到桌上有麥片，我泡一杯給他補充體力，也好再吃一包藥！」

耀承學長朝我使了眼色，示意到廚房去，輕拍了拍山貓，讓她先負責照顧北猿；我們到廚房時，餐桌下的猴仔恐懼得跟什麼一樣，但已經不濟事的他，在桌下發狂，也比叫他出來亂好。

「怎麼了？」我知道學長有事。

「我剛夢到瓊儀。」耀承學長出聲。

「咦？學、學姐？」我愣了一下，沒想到學長還會夢到學姐！

「與其說夢到，不如說是感覺眞實的看到她……」耀承學長神色凝重，眉間皺出深紋，「我看到她在這間屋子裡，用可怕的眼神瞪著我跟山貓，還有……」

學長頓了一頓，眼尾瞥向正右方的明雪。

我下意識的跟著看過去，明雪自然聽得見我們的對話，她全身僵硬的盯著桌上的杯子看，麥片已經倒進杯中，她卻雙眼發直的僵住動作。

「我來好了。」我主動上前，拍了拍明雪。

「明雪，那只是夢而已。」耀承學長趕緊安撫，畢竟明雪會介意欺騙學姐的事，更別說瓊儀學姐是在那種情況下慘死的……

「那、那不是夢……」明雪語出驚人，「我也看到了！」

什麼!?連我都傻了，耀承學長緊張兮兮的箝住明雪的雙肩，卻還是顧全大局的壓低聲音低吼著：「妳看到？妳看到什麼？」

「我看到學姐站在我面前，就在電視機旁的櫃子，瞪著我們，她還一直笑、笑得很可怕……」明雪低泣著，痛苦的閉上雙眼，「我覺得她的眼神好像在說，妳這個賤女人，我……」

「噓！別亂說！」我出聲打斷她的自我想像，「學姐不是那種人！」

「錯，王瓊儀就是那種人！」耀承學長更快的推翻我的理論，跟長久以來對學姐的印象，「瓊儀是鑽牛角尖的女人，如果說她化做厲鬼，我都不會吃驚。」

瞧著學長嘴角挑起的冷笑，我才要吃驚咧！如果學姐化成厲鬼，那大家都該怕吧？怎麼你還可以這麼泰然的笑出來啊？而且她的目標應該就是你吧？

我不可思議的看著學長，再看向明雪，結果她那盈滿淚水的大眼竟然直勾勾的看著我，然後點點頭。

瓊儀學姐！妳真的是這樣的人嗎？拜託妳不要在這個時候變成厲鬼好嗎！挑對時間啊！

「啊啊……腳！」沙發上的北猿又開始哀號了，「我的腳啊！」

我端著馬克杯趕緊過去，北猿臉色發青痛苦的哭著，右手依然緊抓著山貓。

「你保持理智，我們……你的腳我們得想想辦法。」

「我喜歡妳……山貓！我從大一就很喜歡妳了！」北猿竟沒頭沒腦開始告白，「早知道我就不要跟妳做哥兒們，我應該早點告白的……嗚嗚，山貓！我有好多事想做，我想要設計玩具，我想要設計很多東西給小朋友玩……」

「北猿，你別說話，多休息才是。」山貓努力擠出笑容，可她的表情充滿哀傷。

「我覺得我快死了！我全身都沒有力氣，腳痛得要命！我上星期跟我媽吵架，我都還沒跟她道歉……」北猿彷彿在交代遺言似的，一把鼻涕一把眼淚的說著，「還有學妹的筆記我還沒給她、另一個學妹要我幫她做網頁我也還沒做……還有考古題……」

「夠了！」聽到這邊，我實在忍無可忍，「都什麼時候了，你還在管那些利用你的學妹！她們只不過仗著自己可愛一點、用撒嬌的方式騙你而已！幹嘛擔心她們！」

因爲看北猿傻里傻氣、看他憨厚老實，現在的女生都懂得用可愛的外貌去利用男同學或學長當工具人！

「我、我知道……可是我自願嘛！」北猿突然笑出一臉靦腆，「我喜歡看她們笑得很開心的樣子，就算是利用我也無所謂！只要她們對著我笑，我就很開心……」

北猿？你……你眞的是傻到家了！我緊握著拳頭，每一次我都看不慣那些女生這麼做，每一次我都試著阻止北猿被利用，但是那些女生就利用我不在時去拜託不懂得拒絕人的他！

我一直爲他抱屈、一直爲此覺得他很可憐，每每看著他被發卡，總是討厭死那些自以爲可愛的女生……結果我想錯了嗎？因爲北猿從她們身上得到了開心，他心甘情願的爲她們做事，從她們的愉悅中，得到自我的滿足。

「北猿，你一直是個好人！」山貓突然好像又要發卡了，「我不是在發卡給你喔，我眞的覺得你是個非常非常好的人！你一定會有好報的！」

「嘿……我沒多好啦！我也只是喜歡看正妹開心……」北猿的聲音越來越小，「可是我最喜歡妳了……」

他的聲音小到我幾乎聽不見，而且眼睛都快閉上了。

「喂！北猿！你不許睡啊！」我一巴掌就擊上北猿的臉。

「啊！」北猿果然瞬間又睜開眼睛，但伴隨著痛苦的臉色。

突然，一陣冰冷的風從我右邊吹了過來，灌進我的右耳裡。

那陣冷風跟呼吸一樣，像有人正在呼氣，呼到我臉頰上；明雪跟著刷白臉色，瞪大雙眼，我從她的黑色瞳仁中，看見淡淡的綠光，以及一個女人的臉。

一張青綠色、冷冷笑著的女人臉龐。

我驚恐的轉過頭，瓊儀學姐就站在我身邊、沙發旁，與我們大家圍著沙發成一個圓，一如消失前的衣著……只是，她少了左手臂！

「哇呀——」明雪嚇得魂飛魄散，向後一退就撞到茶几，整個人摔上去。

「學、學姐……妳妳在……」我在說什麼啊！

「我一直都在啊……」她帶著痴迷般的看向瞠目結舌的學長，「我怎麼會離開耀承身邊呢！」

「哇……哇啊啊啊——」連躺在沙發上的北猿都看見了，「學、學、學、學、姊！」

「你們怎麼可以忽視我呢？你們休想當我不存在……」學姐一步步的逼近，那天眞的笑靨此時此刻變得讓人毛骨悚然，「我不會離開耀承的，我不會把他讓給任何人！」

學長連動都沒動，但是我看得出來他的呼吸凝滯，他看著矮她一個頭的瓊儀學姐，而學姐一雙眼卻瞪著在她面前的山貓。

「不會……讓給……」學姐瞇起眼，凝視著彷彿無視她存在的山貓，「任・何・人……」一字一字，帶著咬牙切齒。

下一刻，瓊儀學姐沒有猶疑就往山貓衝了過去！

「王瓊儀！」學長飛快的上前推開山貓，整個人擋在她的面前，也擋在學姐面前，「妳不要亂來！」

瓊儀學姐戛然止步，她惡狠狠的越過學長瞪著山貓，我跟明雪只能站在學姐身後，嚇得不知如何是好——學姐啊，妳爲什麼就眞的挑這個時間變成厲鬼啊！

「爲什麼！爲什麼！」她開始哭起來，我第一次聽到什麼叫鬼哭神號……

因爲學姐的哭聲很可怕，那跟一般女人的哭聲截然不同，那聲音不但尖細，而且分貝非常的高，近乎尖銳刺耳，甚至還飄盪著回音。

我們全都摀起耳朵，因爲那哭聲激起我們全身的雞皮疙瘩，甚至穿過耳膜，讓耳朵痛了起來；再加上桌子下猴仔的歇斯底里，他跟著嘶叫，把大家的神經全鎖了緊。

「因爲耀承不喜歡妳。」山貓驀地一句，站到學長身前，然後，推了學姐一

把！

她真的推了學姐！

我看到這一幕，除了驚駭外，也注意到山貓右手的紅色佛珠在瞬間閃了一下光芒！

霎時間，瓊儀學姐啪的消失，無影無蹤。

屋子裡只剩下猴仔激烈的叫聲，那種竄進細胞裡的尖銳哭聲已然消失！我緩緩放下雙手，瓊儀學姐的哭聲真的讓人渾身上下都不舒服，哭得讓我腦子有點空白，讓我昇起一股絕望感。

明雪背對著沙發縮在地上，渾身顫抖，雙手還摀著雙耳，豆大的眼淚往地板掉，我現在沒工夫管她，我只在意山貓手上的紅色佛珠。

「妳那個可以驅鬼嗎？」我激動的抓起山貓的手，「那能不能讓我們離開這裡？」

砰——一陣巨響突然傳來，沙發後面的架子開始震盪，電視附近的擺飾逐一掉落，有些小東西甚至掉了下來！

「地……地震！」我嘴裡逸出這句話時，腦子尚未完全跟上現實。

「哇呀——」跳起的明雪二話不說往我懷裡撲，整個人跟兔子一樣縮在我懷裡，緊緊抱著我！「好可怕！好可怕──」

我慌亂不已，只能抱住明雪，整個人無法反應。

「下一個……」

咦？這聲音是從──我仰起頭，是屋子傳來的聲音！

「找地方躲！」耀承學長大喊著，「明仔，我們扛北猿！」

「妳，找地方躲！」我跟學長簡直是異口同聲、同一個動作把手邊的女孩子往裡頭推。

來到北猿身邊，我們正決定一前一後的扛起北猿時，沙發卻跟著劇烈震動。

「腳──哇啊！我的腳！」北猿同時瞪大雙眼，「砍掉它！拜託砍掉它！」

「你在說什麼──」我正喊著，北猿那腫脹的右小腿在瞬間爆裂了！

噗嚓，他的小腿真的是炸開的，就在腳邊的耀承學長完全來不及閃躲，大量的紫色鮮血噴發，伴隨著肌肉與血管，還有北猿淒厲的慘叫聲。

「啊──」北猿痛到抽了口氣卻無法緩過來，我完全呆掉，看著炸掉的右小腿剩下一個深可見骨的窟窿！

耀承學長抹去臉上的血，他雙手都在抖……或是屋子震動得厲害，沙發上的北猿因劇痛而仰著頸子，看著在他頭上方的我，張大的嘴似乎想說些什麼。

「他的腳……腳！」耀承學長看見了那完全消失的小腿肚，終於也忍不住大叫了，「他的腳炸掉了！」

「學長！冷靜，我們先把北猿……先搬到餐桌下！」我自己都抖個不停了，竟還叫人家冷靜！

說時遲那時快，我跟耀承學長才要搬起北猿，北猿躺著的沙發竟然騰空飛起來了！

「哇啊！」分站頭尾的我們兩人，直接因閃躲而往兩旁摔去，然後親眼看著那短沙發在半空中翻了個滾，將北猿甩上了地板！

耀承學長往後撞上櫃子，我則屁股著地的疼，滑下電視櫃，跟著聽見北猿落地，傳來哀鳴。

「啊啊啊啊……」北猿的右小腿炸裂，他根本處於重傷的情況下，根本不可能行動自如的逃！

我第一時間就趕緊撐住身子坐起，但再快還是來不及。

那在半空中翻滾的沙發，就這樣重重砸在北猿的身上——血肉橫飛朝四面八發噴散，我甚至無法去猜測那沙發砸上北猿身體時力道有多大！

耀承學長呈趴姿在櫃子前，瞠目結舌的看著沙發下的北猿，我們懷疑他已經在瞬間壓成一灘爛泥，只剩下右手腕以下勉強露出於沙發底下，手指甚至還微微抽搐著……

我跟耀承學長間亙著短沙發，他看向我，上下唇都在打顫。

別看我，我不知道怎麼回事啊……但是從沙發底下呈噴射狀的糜爛物以及橫流的鮮血看來，北猿應該已經……已經……

「屋子要吃掉北猿了！啊啊啊！」猴仔的叫聲再度從餐桌下傳來，「吃掉他！他最肥最大隻，最好吃了！」

彷彿在應和著猴仔的尖吼，北猿的右手唰啦的被地板吞去，而原本因為壓在北猿身上有些許不穩的短沙發也叩咚一聲穩當落地，平穩的回到了地板上。

但是，滿地噴射狀的血跡仍在，還有那些……肉糜也沒有消失。

地震停止了，屋子裡鴉雀無聲，幾乎只剩下客廳上的玻璃水晶吊燈晃動著清脆的琉璃音。

「北猿？」我呆望著沙發下一片通紅，竟還期待北猿回答我。

事實上如果他真的回答了，才更可怕吧！隔著沙發相對的耀承學長完全說不出話，感受到似乎有異的女孩們從餐桌或牆邊探頭，明雪困惑的要走來。

「不要過來！」學長右掌立刻攤平朝向明雪，「就待在那邊！」

「北猿怎麼了嗎？」明雪哽咽的問，「北猿？北猿！」

躲到短廊的山貓傳來低泣聲，彷彿她不必看就已經知道北猿出了什麼事。

「北猿……走了。」良久，我無力的吐出這句話，頹坐下地。

耀承學長撐著櫃子起身，他始終盯著沙發看，我可以看出他眼底的疑慮；明雪握著拳還是走了過來，她只看到移動位子的沙發，還有下頭那一片噴射血跡。猴仔意外的停止鬼吼鬼叫，我憂心的瞥了他一眼，他緊抱著餐桌桌腳，一臉如喪考妣的模樣。

「明仔，幫我搬開沙發。」耀承學長突然一挽袖子上前。

「咦？」我還腿軟的坐在地上，「學長？」

「我想知道是怎麼回事。」耀承學長蹙眉打量著沙發下擺，「下擺都是血，你握著的時候要小心。」

我沒有說要搬啊！我驚恐的望著彎腰的學長，他已經做出要搬動的動作，明雪繞到我這兒來，也挽起了袖子。

「我來，明雪，妳不要碰。」我咬著牙起身，「不好看的。」

「我也想知道北猿怎麼了。」她一雙淚眼汪汪，即使恐懼，但依然想知道實情。

我與耀承學長雙雙抬起沙發，往後兩大步把沙發抬回原位，令人作嘔的味道立即傳來，在沙發底下是一大灘紅褐帶著紫色的肉泥，還傳出陣陣腐敗的氣味；肉泥與血混雜成一團，小小的蛆蟲在上頭鑽動著。

「嘔……」明雪忍不住掩嘴乾嘔，回頭往廚房奔去。

「味道怎麼這麼濃？」耀承學長曲著右臂遮住鼻子。

「蟲，跟小屁孩說的一樣……」我看著地上的肉泥，開始覺得噁心的發抖，想起身上的血，這全是北猿的一部分！

「北猿也走了嗎？」靠近的山貓無力的跪下，「他走得太痛苦……」

「你到底想要什麼!?」耀承學長突然朝天花板怒吼，「我們是好心的想要幫助一個人，我們沒有做錯什麼事！你想怎樣!?」

連學長也忍受不住了，對啊，到底想怎樣!?

「瓊儀學姐跟北猿都被吃掉了……接下來是不是就是我們了？」明雪泣不成聲，「不是出來玩嗎？爲什麼會遭遇這種事？我可以燒香……燒很多錢給你，求求你放過我們！」

山貓心痛的抹去淚水，主動的搬動沙發，她不想讓北猿的屍泥就這樣攤在客廳，於是我跟學長再度合力把沙發搬回去，蓋住北猿的殘肉。

很奇妙的是，沙發一旦蓋住那灘肉泥，腐敗的氣味就少了許多！

茶几上還擺著我原本要給北猿喝的麥片，杯子已經失去了溫度，一再的被恐懼襲擊，我的心似乎也逼近於麻痺。

是啊，魔神仔，你到底想怎樣啊!?

「我們……究竟招惹了什麼啊？這間屋子是眞的嗎？」明雪拾起剛剛從櫃子上掉下的相片，「這明明有人住、而且還有照片……冰箱裡的菜也是眞的，爲什麼……」

「說不定一切都是幻覺，我們像走進大型豬籠草的蟲子。」我被絕望感嚴重侵襲，已經親眼看見兩個朋友的慘死，屋子吞噬了他們的性命。

而我們卻只能坐以待斃。

「剛剛一片混亂，但瓊儀出現過對吧？」耀承學長想到了地震前的事，「該不會是瓊儀下的手吧？」

「咦？會……會這樣嗎？」明雪果然害怕這個答案。

我倒不認爲，瓊儀學姐會無緣無故對北猿下毒手嗎？她就算對學長執著，要傷害也是針對山貓或是明雪吧，怎麼會去傷害不相關的北猿？

「我覺得不是……啊！對!!」我突然想起那個未知的聲音，「剛剛地震時，我聽見屋子說話了！那不是瓊儀學姐的聲音！」

「咦？什麼聲音？」三個人都詫異的看向我。

「總之不是瓊儀學姐的聲音，非男非女，但很遠又帶著回音，像是從屋子傳來的！」我很難形容那種被聲音包圍的感受，「它說著下一個！然後北猿就……」

「是屋子……還是這裡還有別人在嗎？」明雪一臉快暈過去的樣子。

別人……我悄悄看著淌淚的山貓。

「亞晴身上那個東西還在屋子裡吧？」學長果然也記得，「但是他沒有打算回應我們，像是在等我們發狂似的……哼。」

「我受夠！」明雪絕望的曲起雙膝埋頭痛哭，我能瞭解這種徹底痛苦與恐懼的感受。

我想我們大家都一樣，只不過想佯裝堅強，我們沒有像猴仔一樣瀕臨失控，可是心底的防線正逐漸瓦解，眼睜睜看著兩個人的慘死，事實已經越來越明顯。

這間屋子不是普通屋子，而我們是逃不掉的獵物！

即使大家都想求生，但是截至目前爲止，我們根本找不到任何方法避免成爲下一個！

「被吃掉了！北猿被吃掉了！」猴仔突然從餐桌下奔出，指向蓋著北猿殘骸的沙發，「北猿真的被這棟屋子吃掉了！」

「猴仔！」

一波未平、一波又起，北猿的死，讓另一個不定時炸彈爆了！

第七章 吞噬

「我要出去！我要出去——是誰說要進來這裡的？是誰!?」猴仔邊狂吼著，一邊再度衝往鐵門，「我願意一輩子吃素、我願意永遠唸佛，求求你們放過我！放過我——」

「你鎮靜一點！猴仔！現在這樣做是於事無補的！」我緊緊由後抱住他，期待他能恢復正常。

「不——我不想死！我還不想死啊！我會開始好好唸書、再也不翹課、我再也不請假，我想要回學校！」猴仔開始搥打著鐵門，也開始哭泣，「我想要去公立大唸碩士、我想轉系、我想要唸電機的……還要把幾個正妹女朋友……」

他哭號著，終於跪上了地，雙手放棄搥打的動作。

不知道這是不是人之將死、其言也善的道理，但不管是北猿或是猴仔，在邁向終點之前，都會開始後悔以前所做、或是開始勾勒未來的藍圖。

我記得猴仔說他這輩子最恨的就是唸書，他希望一輩子兜風與吃喝玩樂，結果他剛剛竟哭喊著希望可以回學校唸書？

早知如此，何必當初！得到了卻不知珍惜，等到將要失去才捨不得。

那我呢？如果我等等就會慘死，我想求什麼？

「明仔！」後頭傳來驚恐的聲音，一股力量倏地揪住我的後衣領！

我警覺的扣住猴仔，一起往後被拖拉，到了一定距離後，我才搞清楚學長的慌亂來自何方！

因爲門邊那扇自行修補過的玻璃窗外，竟出現了影子。

雷聲大作，每打一道閃電，就能看窗子上有著無數雙手，一道一道……緩緩的在窗戶上……用指甲刮著玻璃窗。

啊，或許對大家來說是第一次看，但我在前夜睡不著時，已經見過了。

「哇啊啊啊——」這現象再度刺激到猴仔，他慌亂的站起，意圖躲回餐桌底下，「他們要抓我走嗎？要抓我們嗎？」

我想都不敢想，外頭那些是什麼東西？

「哇——手！我的手！」

猴仔突然慘叫，我們回頭時，發現往裡奔的他右手竟被拽進了牆邊的櫃子裡！

我們趕緊跳起衝前，耀承學長最快的拉住他的右手試圖抽出來，但很明顯的動不了！

「什麼東西!?」我慌亂的拿出手機想照明，卻抖得嚴重還讓手機掉落，結果是山貓迅速的先給予光線。

彎身往櫃子裡看去，猴仔的手肘以下居然整個被櫃子吃掉，隱入了牆裡——跟瓊儀學姐一樣！

「不行……拉出他！」我到猴仔左邊抱住他，「快點把他扯出來！」

耀承學長扣著他的肩頭使勁往外抽，這樣固定是怕他脫臼，連山貓都過來幫忙，猴仔的手就是半吋都無法移動！

緊接著，他沒入櫃子的右手突然以不正常的方式扭轉——喀噠！

「哇啊——」耀承學長嚇得鬆手，那隻右手是在他眼前被扭轉的，猴仔痛徹心扉的慘叫，牆邊的力道這時竟陡然一鬆，猴仔整個人往我身上倒來！

「小心！」明雪跟山貓及時扣住他的身體，不讓猴仔跟我一起狼狽倒地。

因爲猴仔的右手應該禁不起任何碰撞！

「我的手！手——」猴仔錐心的尖吼著，駝著背跪地哭號。

因爲他的右手肘以下被向上扳動，與上臂呈現九十度，這動作我們都做得到——只是他是反方向被硬扭轉的。

嘰——同時間，外頭玻璃窗上指甲刮玻璃的聲音刺耳，伴隨著猴仔的叫聲，我這輩子第一次如此殷切的祈禱，我祈禱外頭那些手……將不會有猴仔的這隻手！

「怎麼可能……」耀承學長不知道該如何碰觸猴仔那隻反折的手，「這樣韌帶已經斷了吧！」

啪——啪——玻璃窗傳來更可怕的聲響，那些手像是打算擊破玻璃……我突然希望窗子能跟我們從裡面擊破一樣，只會裂開但無法製造出口！

千萬不能讓外面的東西進來啊！

「猴仔，你先站起來，我們到……」山貓試著想把猴仔拉起，但他突然以跪地之姿，朝著餐桌直接滑去！

速度快得簡直像開外掛啊！

「哇啊！」原本扶住他左手的山貓直接仆倒在地，我連忙追去，即時扣住他的衣服！「猴仔！」

「啊……不是我！不是我！」猴仔惶恐莫名，「有東西在拉我！他們在拉我！」

他們？誰啊!?

不知名的力量拖著猴仔，把他整個人往餐桌那邊扯，我跟著被往前拖行，吃力的由後環住猴仔的腰際，而學長則到他的面前，試圖把他往回推，與那股拉扯的力量制衡！山貓跟明雪跟著一擁而上，我們四個人拉推著一個人，但在拉扯中

我們都感受得到，餐廳那邊彷彿有道看不見的黑洞，強力的吸捲著猴仔！

「我拉不住！」明雪喊了起來！

事實上我們全部都往餐廳那邊滑動了！

「救我！救我！不要放手！」猴仔高聲的求救著，「明仔！拜託不要放手！千萬不要放手！」

「我死都不會放！」

不管猴仔有多少缺點、不管我們相處時有過多少不愉快、不管他遇到事情就先崩潰，他都是我的麻吉！我最要好的哥兒們！

我使盡吃奶的力氣抱緊他的腰，卻還是一直不爭氣的往餐桌方向加快拖行！

說時遲那時快，那股力量突然再度一鬆，讓我們全都因反作用力而踉蹌倒地！我被壓在最下面，猴仔的背壓在我身上，耀承學長則正面壓在猴仔身上，左右兩個女生更是狼狽側倒。

「幹……」連耀承學長都忍不住罵髒話了，從猴仔身上翻下來，「有夠痛！」

我才痛吧！我被壓在最下面，而且反作用力大家跌上來時撞擊很大耶！胸口一陣悶痛，但我不敢叫，因爲猴仔在摔下來時，那右手又重擊地板了。

「啊啊……哇啊啊啊！」他哭天搶地，並沒有因爲鬆脫而感到些許的喜悅……廢話！

誰會高興啊！我試著握住猴仔的左臂，「猴仔，你往左邊下來，我們先把你藏起來……對……」

「能藏到哪邊去？」耀承學長翻身而起，「這間屋子全部都是他的範——」

唰！猴仔倏地飛向了餐桌！

「猴仔！」

誰都來不及，他甚至撞上耀承學長，帶著他一起往餐桌那邊拖去！好卑鄙的做法！讓我們放鬆戒備卻又瞬間帶走猴仔！

「呃啊！」

砰磅！一切發生得太快，我們眼睜睜的看著耀承學長率先撞翻餐桌，誰都聽得見骨頭撞擊的聲響，緊接著是耀承學長的後背重擊上冰箱，最後竟原地騰空飛起，貼上了冰箱上的那道牆！

但是，撞上牆的瞬間，耀承學長掉了下來，還彈到冰箱再落地，他一滑落，猴仔便正面貼上，就這麼吸在牆壁上！

耀承學長落地時痛得蜷縮身子，已經到了叫不出聲的地步了。

「耀承！」山貓飛快的朝學長奔去，「離開！離開那面牆！」

她衝到學長面前，不管他有沒有骨折，粗魯的把他拖離牆壁，而猴仔卻完全在上頭牆上，完全呈大字型的動彈不得，簡直像蜘蛛人！

「明仔！明仔！」他大聲呼救！

「我在這裡！媽的！我搆不到你啊！」我只能在下面乾著急，踩上椅子也碰不到他！「你能不能掙開？試著用左手推開牆！快點離開這片牆壁！」

爲什麼？爲什麼這面牆壁跟磁鐵一樣，能把猴仔如此用力吸住呢？猴仔又不是鐵做的！

我趕緊把剛剛被弄飛的餐桌拖到冰箱下，再把餐桌椅子架上去，「快點！誰來幫我！？」

「猴仔……猴仔……」明雪指向上方，「不見了……」

不見了？什麼叫不見了！？我向後退了兩步，仰首看向猴仔，他原本整個人都貼在牆壁上，但現在……他的右下半身沒入了那片白牆之中！

跟瓊儀學姐的情況不同，被吞沒的部分沒有血肉模糊，像是穿透了這面牆、又像溶解於這片牆般，他的右腳漸漸與牆壁融爲一體！

「哇啊！」

「爲什麼是我！？爲什麼是我！？早知道就不要出來玩了！爲什麼啊——」猴仔

整個人身體努力向後，離開牆面，才不至於讓自己身體其他部分被牆壁吞沒，「明雪！我喜歡妳，我之前以爲妳跟學長在一起……我想利用這次出遊跟妳告白的！」

「咦？」明雪驚愕，竟慌亂的看著我。

山貓將耀承學長拖到客廳與餐廳的交界處，我一邊看著昏迷不醒的學長，一邊向上看著猴仔，少一個男生我要怎麼拖出猴仔啊？不管！總是要試試！我立刻準備蹬上桌子。

「明雪，幫我扶住椅子！我要拉猴仔！」

明雪遲疑兩秒，居然跑來攔下我，「明仔，別上去！來不及的！」

「什麼來不及！」我氣急敗壞的甩開她，趕緊著就上桌了！

這一上去，我才明白明雪在說什麼，因爲猴仔的兩隻腳都已經被拖入牆內了，他整個人只剩上半身在外頭，用下腰的方式看著我們！

不過才幾秒的時間不是嗎？我親眼看著他的臀部一寸寸沒入，我意識到即使我們耗盡氣力，也沒有辦法救猴仔……這跟瓊儀學姐、北猿的情況一樣！

「啊啊！它在拖我！拖著我啊！」猴仔只剩左手可以抵著牆，右手依然是扭曲的姿勢。

『嘻……這是下一個……』

喝！屋子的聲音又傳來了！

「誰!?是誰!?」我氣急敗壞的狂吼起來，「你到底是誰？有話我們攤開來說，我們是救你不是冒犯到你、爲什麼要這樣傷害我們!?」

「明仔！你在幹什麼？」明雪嚇了一跳，她沒聽見嗎？

「屋子的聲音又出現了！那個該死的聲音！它高興的說猴仔是下一個！」

「不——」山貓捨下耀承學長跳起來，直接衝到餐桌邊，「不要回應！千萬不能回應！」

什麼？我低頭看著山貓，她慌亂的踩上來，二話不說摀住我的耳朵。

我瞪圓雙眼看著她……山貓，山貓知道什麼對不對!?

「明仔！」上頭的猴仔驀地一聲慘叫，我即刻撥開山貓的手！

我踩上桌上的椅子，這時的猴仔連腰部都已經被吞掉了，我只能扣住他的左手指頭，死都不讓他從我面前消失！

「我拉到你了！猴仔！拉著你！」我忍不住哭了起來，「求求你不要離開我！」

「明仔……」他驚恐的瞠圓雙目，血絲已經染紅他的雙眼，扭曲的右手跟著被吞噬，轉眼間猴仔只剩下左肩頭、頸子、頭顱跟我被握著的這隻左手了。

這其實很殘忍，這屋子是故意的，明明可以迅速的吞掉猴仔，卻故意給我們時間告別，或是故意讓我感受到無能爲力！

「不不……不！」我聲嘶力竭，但是猴仔的手指卻一根根彈開我的手……短短幾秒鐘的時間，他只剩下一顆頭顱，仰著鑲嵌在牆上。

「我不想死……我眞的不……」

啪的，像石子落入水池般，猴仔的頭完全消失在牆的另一邊。

原本不見血的白牆在猴仔盡數沒入後，突然滲出了鮮紅，從一小個紅點逐漸漫開，宛如紅色墨水沾染上宣紙一般，漫出了一大朵生命之花。

猴仔的生命之花，染紅了廚房冰箱上那整面牆，那花的盛開，只怕用盡了猴仔的全身鮮血。

「猴仔！猴仔！猴仔！猴仔！猴仔！猴仔！猴仔！猴仔！」我不顧一切的爬上冰箱上頭，瘋狂的搥打著牆，我想扒開牆壁，猴仔在另外一邊，他在裡面啊啊啊啊！

我們從大一開始就一起住，有福同享有難同當，三年來不管上課、把妹、兜風、翹課幾乎都是一起的！我們默契十足、我們志同道合、我們是在這五十億人

口的地球上，難得遇到的莫逆之交啊！

「把猴仔還給我！王八蛋你把猴仔還給我！」我失去控制的朝著空氣吶喊，「你到底是誰!?你聽得見吧！把猴仔還給我！」

「不能回應！不要回應——」站在餐桌上的山貓尖吼著，壓過我的聲音，「明仔！拜託你不要再喊了！這樣下去對大家都不好！」

對大家都不好？我忿忿的回頭，瞪著那站在餐桌上瑟瑟顫抖、還淚眼汪汪的山貓，爲什麼對大家都不好？混蛋！

「妳早就都知道對不對？」我怒不可遏的跳下，箝住山貓的雙臂，「妳根本什麼都知道……這一切跟妳脫不了關係！爲什麼不救大家？說！這屋子是怎麼回事？到底有什麼在這裡？」

「不……不是的！」山貓死命搖頭，「我只是、我只是……」

「明仔！」明雪抓著我的腳，「你在幹嘛？你冷靜點！幹嘛對山貓動粗？」

「她不是山貓！她有問題！」我搖晃得更大力，「妳一直都冷眼旁觀，看著我們一個個死去——」

忽地一拳揮來，擊上我的臉頰，然後我從另一邊被打飛出去，掉下了餐桌！

「明仔！」我聽見明雪尖叫，她奔來的腳步聲，還有她溫柔的觸碰。

明雪的手很冰涼，她早已嚇得不能自己，連觸摸我時都持續不停的顫抖，我睜開眼睛，一度頭昏眼花，嘴裡嘗到血腥味看來是破了皮！

「冷靜一點，明仔！這一點都不像你！」耀承學長的聲音也有點遙遠，「別抓了狂就對女孩子動粗！」

腦子再度呈現空洞與茫然，我感覺到昏昏沉沉，人彷彿在虛無縹緲間……然後有人抓住我的衣服，把我往後拖，拖往客廳的沙發那兒。

我在被拖行的中間，瞥見了被推到流理台前的那張餐桌椅子上，竟坐著一個泛著青光的女孩，她擔憂的看著我，好像是瓊儀學姐……瓊儀學姐？

「明仔！明仔！你看著我！」我的左右臉頰開始被拍打，「拜託你別被拉走！快點！看著我……耀承！你來叫他！」

那好像是山貓的聲音，好遠……好遠……我覺得有股力量在拉著我，那是什麼？到底是什麼在拉扯我？

「明仔！搞什麼鬼？一拳都禁不住？」喝！是學長的聲音！

我的意識一瞬間回來，眼界剎時清楚，看著近在咫尺的耀承學長，他俊朗的五官帶著擔憂的神情，清清楚楚的映在我眼底！

「……學、學長！」我聲如蚊蚋，下意識的往餐桌那裡看，但瓊儀學姐不見了。

「明仔！喝點水！」明雪急急忙忙的遞上一杯水，她神色憂慮得過分，跪在我腳旁，「你嚇死我了！你真的嚇死我了……」

「對不起！」我接過水，卻一點都不想喝，「山貓，我是怎麼了？妳叫我不要回應什麼？妳到底是不是山貓？」

「我是啊！我一直都是！」山貓聲調很緊繃，「只要你們聽見除了我們幾個的聲音外，全都不能回應！」

「那是屋子的聲音，還是……」明雪不敢說出那三個字。

山貓凝重的掃視我們每一個人，「不管說什麼都不能回應，尤其如果聽見有人呼喚你的名字，更是一句都不能吭！」

「妳也有聽見嗎？」學長狐疑的問她，看來學長沒聽到。

山貓點了點頭。明雪也露出困惑的眼神，她看了看我、再看看學長，我想她也是屬於什麼都沒聽見的那個人。

「我跟明仔比較敏感，所以會先聽到，你們早晚也會聽見的。」山貓做著深呼吸，「那不是屬於我們這個世界的聲音。」

「廢話！魔神仔怎麼會是我們這個世界的！」我相當不爽，「山貓，妳還不說話嗎？」

山貓彷彿嚇著般顫了一下身子，又別開眼神。

「不是山貓的錯，爲什麼你要凶她？」明雪不明白我的想法，還上前安慰起山貓。

我把水杯擱上茶几，我一點都不想喝，情緒起伏得厲害，下意識望向門邊的那扇窗，那枯槁的手隨著猴仔的被呑噬消失，現在彷彿是這屋子的惡魔們給我們恩賜，給我們暫時的寧靜。

「從妳身上彈出的東西，還在嗎？」耀承學長突然轉向山貓。

山貓抽泣著，用一張楚楚可憐的臉看向學長，現在這種可憐樣卻只是讓我光火罷了。

「在，因爲那個上了我的身。」山貓語出驚人，原來她根本知道自己被上身！

「妳什麼時候知道的？妳醒來時不是還問我們妳在哪裡嗎？」耀承學長皺起眉，語調裡有幾許恐懼幾許惱怒。

「因爲不能講，正常人都不會說出被上身了吧！」山貓振振有詞，「那個控制我的身體，讓我帶大家到這裡來，然後又讓我發燒……」

明雪瞬間鬆開了摟著她的手，「妳……是妳故意帶我們到這吃人的屋子？」

「不是我，是那、個。」山貓的解釋根本不成立！

「魔神仔究竟想幹嘛？」我只關心這個。

山貓搖了搖頭，「我不知道……我只是被利用身體的人。」

靠！這樣有線索等於沒線索。

「反正妳就算有意識，也無法對抗魔神仔吧。」我冷笑著，無力感再次湧上。

這根本是一場實力懸殊的戰爭，我們再多人，也不可能贏得過魔神仔。

「眞讓人覺得莫名火大啊！」耀承學長幽幽的說著，也伴隨著自嘲的冷笑。

瞧瞧我們渾身是血、是同學的肉泥，在恐懼與瘋狂中求生，最後還是只能眼睜睜看著同學被屋子吞噬。

到底在掙扎什麼？我想學長跟我一樣，是在自嘲這份天眞。

「我剛不是故意凶妳的，我就是……」我下意識看向廚房上面那片血花，「我在想什麼……妳就算知道什麼，也改變不了什麼吧。」

「我……對不起。」山貓相當低潮，「我眞的什麼都改變不了。」

我們都坐在地上，距離北猿的肉泥不到五十公分，我頸子後仰躺上長沙發，實在太累了！地板也是屋子的一部分，它要不要乾脆一張大口把我們全吞了，給我們一個痛快？

「都是我的錯。」

「三小？」耀承學長不爽的回應著。

「是我開的團，我揪大家一起出來玩，什麼登山環湖七日遊，我夢想的延暉山都還沒爬，就把大家往死路帶了。」

「這不是你的錯吧！」並著肩的耀承學長一樣仰躺在沙發上，我們都看著客廳上頭閃閃發光的水晶燈，「是福不是禍，是禍躲不過。」

「小屁孩跑到草原時我就該阻止的。」我繼續說，「不對，山貓在出發時就發現不祥了，瓊儀學姐那個湯匙會斷掉根本就是凶兆，就我不信邪——」

「誰信了！」明雪囁嚅的說，「我也沒放進心裡，這是大家共同決定的，明仔你不要把責任往身上攬。」

「團是我開的啊！這明擺著推不掉的事實！全是我的錯！」我無力的雙手遮眼，早知道就不要規劃這什麼爛旅行了！

「如果會出事，跟誰開的團根本沒關係吧！」明雪認真的安慰，「我們都是想一起留下歡樂時光才一同出遊的，跟著明仔我覺得很安心，既溫柔又堅強，而且正義感強烈、做事果斷俐落，是可以依靠的好同伴！」

欸……我不由得有點尷尬，我不是正在自責嗎？爲什麼明雪突然在列點稱讚我的樣子？

「那都是假象啦！還不是因爲大家都懶得做，很多事我只好扛下來。」我尷尬的笑笑。

「何必那麼謙虛！我就覺得你做得很不錯！這次開團的確是因爲你我們才參加的，也沒後悔過。」耀承學長用手肘頂了我，「看你接學會以來，什麼事都做得井然有序，而且最難得的是，你能夠讓學弟妹們願意繼續待在學會裡，這才是最高境界啊……」

學會啊……恍若隔世的感覺，我還能回到學校去嗎？

我的確是會長，學長說得一點都沒錯，大學生都以爲玩學會有趣，結果單單辦一個迎新就可以造成四分之三的人退出，大家都吃不了苦、不然就是不知道要做那麼多事，或是一堆遇上做事就推諉塞責的傢伙，只巴望著以後有個「我以前是學會的人」的名聲，卻不想做事的懶蟲啊，多到數不完咧！

「對啊！迎新之後沒有一個人退出，大家都說跟著明仔可以學到很多，而且超有意思！」身爲副會長的明雪在一年級時是文宣組，我們一直很熟！我們像是苦中作樂，在人生的最後懷念著共同的回憶。

是啊，總比一直想被吃掉會不會很痛好！

「而且很多女生都很欣賞明仔，偏偏他就是看不上誰！」山貓突然意有所指，莫名其妙提到我的戀愛史。「喂！扯到哪裡去了！」我坐直身子，看向盤腿的山貓，她竟看向明雪？

明雪一怔，看了眼竊笑中的山貓，然後再看向也含著笑的學長，最後她竟然深吸了一口氣，認眞嚴肅的看著我。

「什、什麼……」我臉上一定有三條線，頭上有烏鴉，「你們是在交換什麼眼神啊？」

「鄭明翔！」明雪喊了我的名字，一隻手指向我。

我根本肅然起敬，明雪喊我可以回應吧？「是！」

「我喜歡你！」

——瞎米!?——

「啊！好棒！明雪終於說出口了！」山貓竟在那邊歡呼，連學長都喊出Yes！

「不、不是……」這是怎樣？全世界都知道明雪喜歡我嗎？連耀承學長也知道？我怎麼沒感覺！

不對啊，昨天以前，我都以爲明雪跟學長在一起咧！

「我喜歡你很久了！從一年級時就很欣賞你，所以才一直換工作換到副會長！」明雪羞赧的對我告白，揚睫看向我，「我……哇呀——瓊儀學姐——！」

告白到一半，慘叫聲突然從她嘴裡逸出，明雪的臉因極度恐懼而扭曲，她嚇到後退，指向我的身後！

我趕緊回首，見到那櫃子上電視機黑色屏幕裡，映著瓊儀學姐那更加猙獰的臉龐！

第八章 最後的告白

瓊儀學姐五官全扭成一團，在電視屏幕裡，對著我們怒目相向……不，嚴格來說，她好像只對著明雪！

「學姐！」我們全在茶几與沙發間，長沙發正對著電視，看得一清二楚，「妳、妳怎麼又出來了……」

「許明雪！妳既然喜歡明仔，為什麼還要幫著騙人？」學姐果然沒鳥我，只顧著把矛頭指向明雪。

「我……我只是想幫山貓而已！因為我知道妳一直沒辦法對學長死心，山貓又很怕妳，所以才幫他們……」

「王瓊儀，妳要我說多少次？講這麼多次我都講到煩了！都講到我對妳剩餘的一點點友情都沒了！」學長非常自然的火上加油，「我們都已經分手了，是妳逼著我跟亞晴偷偷摸摸交往，也是妳逼我請明雪偽裝成我女友的！」

噓！我回首跟學長擠眉弄眼，我一點都不認為這時候跟學姐吵架是明智的決定，畢竟她現在像是陰魂不散的厲鬼，而我們還是人啊！

不過我更加佩服耀承學長了，就連前女友失蹤加死亡加變成猙獰惡鬼，他都完全不見懼色，強！

「不講清楚她不會走的……不對！講清楚了她也不會走！瓊儀永遠只聽她自

己心裡的話！」很好，我的擠眉弄眼宣告失敗，學長繼續添柴，「我是被妳逼的，明雪單純只是跨刀相助，妳有意見，就直接衝著我來好了。」

說時遲那時快，學姐還眞的從電視裡飛衝出來！

跟七夜怪談裡的貞子不一樣，那個貞子爬行速度太慢，我們的瓊儀學姐是直接從電視裡穿透出來，騰空飄浮，直截了當的飛到耀承學長面前！

耀承學長還是被她突然的逼近驚嚇，他很明顯的緊繃著臉部線條，但是卻很快的站起，迎視瓊儀學姐。

我對學長的敬意眞的有如滔滔江水，連綿不絕！

「不管妳做什麼，我都不再喜歡妳了。」學長張口，就是絕情的話語！

山貓站在旁邊，她倒反常……最該害怕的應該是她，不過她從頭到尾都沒有害怕的臉色！

上次瓊儀學姐出現時，她甚至推了她一把……推？對！我跳了起來，注視著山貓右手的紅色佛珠串！

「山貓！那個——」我指了指右手。

山貓瞥了我一眼，不做回應。

「是嗎？那我也無所謂了！我沒想到你們這麼絕，不但要我、甚至還一再的忽視我、孤立我——」她忽地瞪向明雪，「欺騙我！」

「不是……不是的！」明雪已經退到牆邊了！

「我這麼相信妳，我還因爲妳是我直屬學妹才忍痛把耀承讓給妳……妳竟然跟耀承一起演戲，隱藏另一個女人的存在！」瓊儀學姐又要開始尖叫了！

拜託！學姐千萬不要尖叫！因爲她上次才哭一下我就有整個人被掏空的可怕感！她的聲音要是再拔高一點，我說不定這次會想自殺！

磅！廁所的門突然大開撞上牆，我們全驚嚇得跳起，還沒反應之際，一抹黑影直接衝了出來！

「哇呀——哇——」學姐忽地變成一陣綠色的煙霧，咻地消失在我們面前。

我吃驚的看著消失的學姐、瞠目結舌的學長，然後再看向房子最底的那間廁所……

「看見了嗎？」耀承學長轉著眼珠子。

「看見……了……」我也跟著害怕的偷瞄，「問題是，那、個現在在哪裡？」

那抹黑影超可怕，不是一小道，有等人那麼高，眨眼就掃過我們面前！

「不管是什麼，至少學姐走了。」明雪依然貼在電視邊的牆面，略鬆了一口氣。

「呼……」山貓壓著胸口，舒了口氣再度跪坐下來。

「明雪，我會護著妳的，妳放心！」耀承學長朝向明雪承諾，「過來吧，妳離牆壁太近我會怕。」

呃……牆！我忍不住打了個寒顫。

「……好！」明雪自己也突然發現自己貼著牆，縮起頸子。

說時遲那時快，啪嘰一聲的骨折聲傳來，明雪的頸子直接九十度的往右折去，下一秒跌上地面，臉頰跟著被壓上地板！

「呀啊！」

明雪的頸子向右折成九十度，根本貼上右肩頭了，右臉頰現正貼向地板，平常人這種折法，不死才怪！

「明仔！好痛——痛死了！」她伸出手在亂抓，「我的……我的右手！哇啊！哇啊——」

她突然歇斯底里的尖吼，伸長的左手朝我晃著，我趕快衝上前握住，才發現她的右手肘已火速被地板吃掉了！

「怎麼會這麼快!?」耀承學長也跟著滑過來，「馬的！折成這樣有點噁心……」

「她的手卡進去了！」我試圖想拉起她消失的右手肘，卻看見明雪的腳掌已經被吞掉了！

下一個是明雪。我心知肚明，明雪也意識到了，她開始恐懼的扭動。

『許……明……雪……』

喝！我顫了一下身子，來了！這一次清清楚楚的，目標是明雪！

「明、明仔……你聽到什麼了？天哪！我是下一個！」明雪哭喊著，「不要！我不要！我不想死，我還不想死啊！」

女孩子哭起來總是更加淒慘，也比男孩子惹人憐愛——扣掉學姐的鬼哭神號。

我跟耀承學長沒有放棄的試圖拉起她，雖然我們都知道……一切都是徒勞無功，但即使知道，卻不想放棄，卻仍然想賭那百分之一、千分之一的機率，做最後的掙扎！

就算什麼都改變不了，至少不會後悔！

「我不想被吃掉，我想要回家！我想要去逛街、去看電影……我還沒跟我爸媽說我愛他們！」明雪哭得泣不成聲，「我想要做明仔的女朋友，我想要跟你單獨自拍……」

女孩痛苦的緊閉上雙眼，擠出更多淚水，同時她的一雙小腿被地板吞噬。

「明仔。」山貓突然遞上了明雪的手機，她剛剛被瓊儀學姐嚇到時掉落在地板的。

自拍……自……

「自拍，我們現在就來自拍！」我連手機都拿不穩，「密碼……明雪我需要密碼。」

「……你的生日。」她話語凝滯，我忍不住一陣感動。

既感動又悲傷，望著明雪只有悲從中來，我用我的生日解開了手機，趕緊調出相機；明雪的臉明明貼著地板，但地板卻沒有先吞掉她的頭，我又不知道是該感謝魔神仔的仁慈還是殘忍。

「明雪，這邊……」我盡可能貼在明雪扭曲的頸子，拍下一張又一張的自拍照。

明雪笑得很悲傷，她根本笑不出來，咧開的嘴搭配的是泣不成聲的臉，哭得令人心碎。

「妳看，拍得很好看……」我根本言不由衷，「我們兩個的合照，好幾張……」

明雪看著照片，卻痛哭失聲，這臨死前的合照，對我們的意義究竟在哪裡？

「明仔！」明雪突然緊扣了我的手，「……你喜歡我嗎？」

咦？我愣住了，我只能呆呆的望著她。

「如果……如果我們可以活著出去，你願意跟我交往嗎？」她話不成串，嗚咽得幾要聽不清。

我應該點頭的！我應該跟她說好，因爲除非奇蹟降臨，否則明雪即將被地板吞沒……她那麼的喜歡我，我只要給她一個善意的白色謊言——

「對不起！」

我終究輸給自己該死的誠實。

絕望籠罩了明雪的雙眸，我看得出她眼底僅存的閃亮迅速消退，她原本期待的神情轉爲落寞，整個人在瞬間失去了生氣。

「是嗎……」她幽幽的開口，「你有……喜歡的人嗎……」

「嗯！」我點了點頭，但有瓊儀學姐的前車之鑑，我覺得我不要說出是誰會比較好。

氣氛陷入僵化，耀承學長用責備的眼神瞪著我，彷彿在罵我說：隨便謅個謊話也好，幹嘛在這種情況還惹她傷心！

「沒關係……」她淺淺笑著，「我喜歡你就好——」

唰！明明還有上半身在地板上的明雪，倏地在一秒內全部被吸進了地板裡！

快到我們完全措手不及！連尖叫都沒有，明雪就這樣消失在我們面前。

地板上緊接著噗嚕嚕的冒出了深褐色的液體，我們快速的退開，不得不跳上沙發，那是血和著像是泥漿的東西，漫開在地板，甚至……跟北猿的肉泥融合在一起。

耀承學長盯著地板幽幽的問，「屋子說了什麼？」

「它……喊了明雪的名字。」我依然凝視著明雪消失的那塊地面，「爲什麼我什麼都不能做？從瓊儀學姐開始，我們什麼都做不了！」

該死該死該死！再這樣下去，山貓、耀承學長都會在我面前消失，不，也有可能是我先被吃掉，被吞進某面牆或地板之間……

我這才眞正意識到自己也是食物，我們從九人剩下三個人，感受到生死交關的緊張！

下一個會是誰？是山貓？是學長？還是我？

我該怎麼掙扎？我的肢體會出什麼事？我在消失前得承受多大的痛苦？被吞進之後是怎樣的世界，我爲什麼……要在這裡想這個？

「我要活下去！我不想死！」我終於深刻的瞭解到猴仔的歇斯底里，臨死前的掙扎！「我絕不要被屋子吃掉！我們要想辦法離開這裡！」

「怎麼離開？猴仔已經試過了。」學長倒是比我泰然，「門跟窗子都出不去，你還能想到什麼辦法？魔神仔更是完全無法溝通，就算亞晴被上身也無法。」

「山貓！妳那串佛珠有效對吧？我看到瓊儀學姐怕那個東西，妳對這些好像有點研究，能不能快點想個可以用的資訊？」我看向山貓，她的迷信說不定有用啊！

「事情都到這地步了，就一串佛珠能幹嘛！你冷靜一點！」學長實在是無可救藥的理智派！

「我冷靜個頭！我們就快死了耶！我們只是出來玩而已，只是幫助一個老人家，我才二十二歲，人生還長得很！」我緊緊的握拳，體內莫名有股忿恨正在衝高，「而且我有好多事要做、也有重要的事要處理……」

「我老實說，我已經不抱希望了！」耀承學長居然直接放棄！

爲什麼這樣就放棄？難道沒有想做的事嗎？我想從事飯店業，我喜歡接觸人群，我喜歡受到信賴的肯定感，我希望能夠在飯店體驗人生……

我人生現階段的大事都尚未解決，談什麼未來……但是在處理這重要大事之前，我沒有想到我會被困在一間會吃人的屋子裡！

而且也還沒談戀愛……明雪的最後的叫聲迴盪在我腦子裡，她那麼喜歡我、

那麼的相信我，即使到了最後一刻，她還是只看著我……而我卻連句謊話都不願說……我爲什麼不點頭就好了？至少不會讓明雪那麼痛苦的死去！

我們坐上了長沙發，大家不敢踏到地板，彷彿不接觸牆或地板就不會被吞噬般；屋內進入沉默的死寂，像是默默接受這樣的命運一樣，只是不知道下一個菜單上的名字是誰。

我不希望是山貓，我不想聽見女孩子那淒厲的叫聲，每一個人都是我的好友，那叫聲會令我心碎的！

尖叫聲？怎麼曾經好像有女孩子的叫聲，也在這間屋子裡響起？

記憶迅速整理並且往前翻找，這裡的女孩子不多，而且都這麼熟，我不可能會搞錯聲音！

之前在睡覺時……就是第一晚的停電前，是不是在某個剎那間有人在叫我？那也是非常淒厲又緊張的叫法，跟明雪剛剛一模一樣！

雖然女生尖叫時的聲音都很細也很類似，但是我還是能確定那叫聲絕對不是瓊儀學姐！繼剛剛明雪的聲音之後，我也確定不是她的……那麼，只剩下一個人。

我緩緩看向山貓，才發現她早已凝視著我。

「山貓……妳剛剛有叫過我嗎？」

「嗯？什麼時候？」

「就是在……昨天停電之前，那時我在睡覺，好像有聽到妳的尖叫聲！」

「停電嗎？我不記得有停電過耶……」

對啊！停電之前，那時的山貓高燒尚未清醒，還被魔神仔附著啊！她是電來了之後才意識清醒，黑影彈離她的身體……可是……

「可是妳不是記得自己被上身時的感覺嗎！妳說魔神仔控制著妳的身體，但妳的意識還清楚對吧？因爲我好像聽見妳在尖叫！」

「有嗎？我怎麼沒聽見！」學長皺眉，「我就睡在她旁邊耶。」

「是嗎……我也不確定，那時我也是睡得迷迷糊糊，除了尖叫聲外，還聽見一堆有的沒的……但我好像聽見有人叫我！」

「爲什麼你覺得是我在叫你？」山貓提出了疑慮。

「那聲音是女生的，不是明雪、也不是學姐，就只剩下妳了！」我深吸了一口氣，「難道不是嗎？」

其實我覺得就是山貓！尤其剛剛在餐桌那邊，她大喊著不要回應屋子時，分貝與音質是一樣的！

而且即使被上身，她的意識是清醒的，爲什麼現在又在裝傻？

說到這裡，還有更奇怪的事情，那就是山貓一路走來的異常冷靜，不管發生什麼事她都沒有驚慌失措，這跟只是斷一支湯匙就緊張說不祥的山貓截然不同！我們可是在一間會吃人的屋子裡啊，她竟然若無其事？

「妳到底是誰!?」我衝口而出，質問起山貓！

「明仔？」山貓嚇了一跳，瞪大雙眼望著我。

亙在我們之間的耀承學長立刻深吸了一口氣，不客氣的轉過來瞪我，「喂！說什麼鬼話！」

我立刻往門的方向縮，順便硬拽著耀承學長移動，這麼做其實很蠢，因爲我們同在一張長沙發上，能閃到多遠？

「這個山貓很奇怪，明明迷信、害怕鬼神，可是從剛剛到現在都冷靜得嚇人！」我全身上下沒有什麼護身符，要不然一定拿它擋在我面前，「她一定不是山貓！」

「你頭腦燒壞了嗎？」學長一臉我發瘋的樣子，「這裡唯一正常的就剩我們三個人，別把同伴一起扯進去！」

「學長！你才給我清醒一點，你認識的亞晴是這種冷靜到近乎冷血的女孩嗎？她如果身在鬼屋裡，會這樣子平靜嗎？」

耀承學長明顯的一怔，然後把視線移往與我們咫尺之遙的山貓。

山貓……不，林亞晴姿態優雅的坐在沙發上頭，只見她淺淺的勾動嘴角，然後冷冷的給了我們一個微笑。

「發現得好晚。」她揚眉，還嘆口氣。

「亞晴？」學長蹙起了眉，帶著點不可思議，「妳沒離開過我的視線，妳應該是人啊!?」

「我是人，但只是跟別人共用身體而已。」林亞晴站了起身，手掌向上攤平，指向茶几。

我看向茶几，空無一物，但是很有經驗的直視前方的電視，黑屏的電視裡倏地又出現了一抹白影。

電視裡，這次不是瓊儀學姐，卻映著一個戴著斗笠的阿伯。

「正確來說，是跟他共用身體。」

……魔神仔？打從一開始，他從來沒有離開過林亞晴的身體嗎？

第九章
覺悟

附身是什麼時候開始的？

在卡車經過時？山貓暈倒後？然後呢？我們看見的黑影只是幌子嗎？他們竟然共存？

「魔神仔！」在沙發上的我跳不起來，只能呈現蹲姿，緊靠著沙發靠背。

「妳跟魔神仔共用身體？這是什麼意思？不是附身？」學長果然也緊繃著神經，「妳現在到底是亞晴？還是魔神仔？發生的一切都是妳……你們設計的嗎？」

我不得不承認這是非常駭人的一件事！

魔神仔從來沒離開過啊！從在林子裡誘騙我們開始，就一直跟著我們！即使我們以爲離開了樹林，卻也跟著山貓，設計我們進屋的人也是他！

「事情不是你們所想的那個樣子！我們共用身體，意識是共存的，」山貓說起話來不慍不火，「他也不是什麼作祟的惡魔或是惡靈……」

「瓊儀學姐是怎麼消失的，妳記得吧？她的手臂還在浴缸裡！」說什麼屁話！我開始激動起來，「還有猴仔、北猿跟明雪……他們是怎麼慘死的，全是你們對不對!?爲什麼要這樣害我們!?」

山貓神色嚴肅，濃眉擰了起來，那神情既慌張又驚恐，彷彿被我說中了一

般。

「我……反正不是我害大家的！」搞了半天，她等於沒回答！

「亞晴，妳把話說清楚……或是，魔神仔有話想說嗎？」學長厲聲以對，轉向了電視。

「絕對不是我害死同學的！你們一定要相信我！」她邊說，邊乞求同情的上前。

「不要過來！」我大驚失色，狂亂的大吼，拖著學長往後退，索性從邊側下了沙發，貼上大門。

「明仔！」山貓緊張的往前，「耀承！」

「學長，不要被她騙！她被附身了，我們都是被魔神仔害得這麼慘的！」耀承學長也跟著我下了沙發，但是他看山貓的眼神卻很疑惑。

「耀承，你知道我的，我現在再清醒不過了，我是因為——」

「妳根本什麼都知道，而且是早知道，才能冷血的看著大家一個接一個的死去！眞正的亞晴是會歇斯底里的！會跟猴仔一樣！」我無法接受這種事！

山貓淚水在眼眶裡打轉，不過我現在不信她是正常的人，絕不給任何一絲同情心。

我很想相信山貓，我一點都不希望事情因她而起，不希望我們並不是招惹到什麼、而是根本把什麼帶進了屋子！

「我不緊張……是因爲我的確什麼都知道、因爲魔神仔的關係，會發生什麼我早就知情。」她突然難受得哭了起來，「我們逃不了的！這是我們的命運，誰都、都沒有辦法避免……」

「妳少來！告訴我妳要什麼、魔神仔要什麼，拜託讓我們出去！」我才不信她那番鬼話咧，什麼叫逃不了！還不是因爲她在控制一切、控制這間屋子！

「我沒辦法！我不能！」她回以尖叫。

「亞晴！」電光石火間，學長竟然衝向山貓，「清醒點，不要被控制了！」

「我沒有被控制！我早知道大家會一個一個接著被吞噬的！」山貓涕泗縱橫的嘶吼著，「我根本沒有被控制，我是在阻止你們消失，難道你們沒有發現嗎？」

阻止我們？這種話她也說得出來？我還從沒有這麼生氣過，但是我現在卻好想衝上前，狠狠的揍山貓一拳！

啪！響亮的一巴掌揮上山貓的臉，我瞠目結舌的看著耀承學長，他已經先動手了！

「睜著眼睛說瞎話！妳幾乎沒有出手幫忙！別以爲我不知道！」他吼了起來，是啊，在瓊儀學姐、北猿或是猴仔他們被吃掉時，山貓都沒有出手相助！

「那是因爲他們必須死！而我只在意你們！你們沒搞清楚嗎？如果不是我，你們現在還能在這裡嗎？」山貓竟然比我們還氣急敗壞，「剛剛猴仔被拖上牆的時候，如果你繼續貼著那面牆，說不定先被吃掉的是你！」

然後山貓指向我，「還有明仔，我是不是叫你不要回應那個聲音？我是不是要你不要聽？那時你是否是一度覺得人非常的昏沉，靈魂都快飄離身體了？」

山貓的話字字鏗鏘，我不得不靜下心回想，的的確確……好像是有這麼一回事！

當時耀承學長跟猴仔是一起撞上牆的，但他很快的掉落後，也是落在牆邊，是山貓飛快的先把學長拖走；後來在我掙扎著想把猴仔留下時，我聽見屋子的笑聲，也是山貓歇斯底里的衝上前，摀住我的雙耳，拼命嘶喊著要我不能回應！

然後呢？我記得猴仔被拖進去後，我忍無可忍的叫罵著，我回應了屋子的低喃、我失控的逼問山貓，所以被學長揮了一拳……

我印象很深，我倒地之後，整個人昏昏沉沉的，覺得都快飄了起來，我甚至還一度似乎看見了瓊儀學姐的鬼魂。

那代表什麼意思？因爲我的回應，所以我曾經差點被什麼東西給帶走嗎？

「妳說的……好像妳在解救我們一樣。」我的拳頭依舊緊握著。

「本來就是！我、我一直在阻止這些事發生，明仔你太敏感、耀承又太鈍，我深怕一個不留意，就會失去你們！」她哽咽著，無力的坐上沙發繼續哭泣。

「這話不合邏輯！妳眞有辦法，爲什麼不救瓊儀？爲什麼不阻止北猿被壓成肉醬？不讓猴仔被吸走？制止明雪被吞掉？」學長在生氣，我很難得看到他在生氣，但是他的怒火正對著山貓燃燒著。

「因爲我能力有限！因爲我只想救我重要的人！」她昂起頭，不客氣回以咆哮，「你是我重要的人，我不救你我救誰！」

我的心彷彿被這句話擊了一記，內心被戳了個洞。

「那我是……」

「你是……我的好學長，我當然得救你。」山貓沉吟了一會兒，掙扎似的迸出實話，「還有，畢竟受人之託……」

「受人之託？」這句話沒頭沒腦，誰拜託過山貓了？

「明仔，你平常不是很精明嗎？怎麼現在變得那麼笨？」山貓的手再度指向電視，那依然不動的魔神仔，「你還沒記起來嗎？」

我看向電視屏幕，阿伯緩緩抬起頭。

「我怎麼會不記得？他就是那個……」魔神仔啊！該死的三個字，我俗辣的吞下了！「騙我們淪落至此的主因！」

「不是！你看清楚，冷靜下來仔細想！」山貓絞著雙手，「一切起因是他，但是也是他拜託我的……」

「他拜託妳？根本是附身在妳身上好害死我們吧！」我不可思議的低吼！什麼鬼話連篇啊！是魔神仔讓我們步入死亡的，還能拜託山貓什麼？讓我最後一個死嗎？所以我是宵夜嗎？

「不，眞的是……想多爭取點時間。」山貓難受的低下頭，眼神還覆上一層陰影。

「照妳這麼說，魔神仔並不是要害我們？還想幫明仔？那爲什麼不直接打開門，讓我們出去？」學長的思緒比我快多了，「而且，被吃掉的同學又要怎麼說？」

山貓絞著的雙手明顯僵硬，她低垂著頭拼命緊張的呑嚥口水。

「我知道爲什麼我們被困在這裡，但是，我沒有辦法告訴你們要怎麼離開。」山貓又在說廢話了。

「林亞晴。」耀承學長冷冷的喚著她的名字，全是不滿。

「我眞的不能說！因爲有些事情必須由你們發現！」她甚至別過了頭，連學長的臉都不敢看，「離開只能靠自己！」

「夠了！林亞晴！妳眞是夠了！」我氣得跳起來，一腳踹向茶几，「我就問妳一句話，學姐他們是不是都死了？妳是不是見死不救？」

「不是！我不是！」她義正詞嚴的叫出聲。

放屁！全是鬼話連篇！

我一點都不想再看到林亞晴的嘴臉，我怎樣也沒想到罪魁禍首在我們身邊，也沒想到她竟然什麼都知道卻默不作聲，甚至不願去救助同伴們！

我跟林亞晴認識那麼久，我從來不知道她是個這麼冷血的人，竟然能眼睜睜看著同伴相繼死去！

尤其不可原諒的是，她竟然否認被魔神仔給控制！還什麼共用身體！具有意識卻能讓同伴死去！我忿忿不平的瞪著螢幕裡的魔神仔，我都要死了，好像也不必怕他了！

還裝出阿伯的樣子想幹嘛，魔神仔不是應該都齜牙裂嘴的猙獰嗎！幹！

沒幾分鐘，耀承學長就開始與山貓低語，聽起來學長似乎有點相信山貓，我

簡直快忍無可忍，明明有個人知道眞相、有個人知道下一個會是誰，我卻還得在這裡手足無措？

該死該死！最該死的是林亞晴！

『明仔……明仔……』

咦？我一怔，誰在叫我？屋子嗎？

『明仔……你聽得到嗎？明仔啊……』

叮。

不對，這是女生的聲音，有點遙遠，是明雪嗎？

「明雪？」我朝著空中，說出明雪的名字。

「不可以！不可以——」山貓突然直直朝著我衝過來，「我說過不能回應！絕對不能回應任何呼喚！」

「怎麼回事？有人在叫明仔嗎？」學長聽不見，只能急忙趕過來。

「是明雪吧！明雪在叫我！」

「那不是明雪！你不要回應了！」山貓竟然緊緊的抱住我，「耀承，幫我阻止他！求求你！」

我一把推開山貓，馬的就是相信她才走到這步田地！

「明仔，你不能走！」山貓才被推離，學長的大手直接如法炮製的摀住我的雙耳，「你休想丟下我們。」

我看著耀承學長，身體微微發抖，那呼喚聲竟立即消失，我看著耀承學長……心漸漸穩定下來。

當聽見屋子的召喚聲時，只有一種狀況——

「山貓，下一個是我嗎？」我冷冷的，看著站在學長身後的她。

屋子的聲音，都是針對下一道菜才有的召喚。

「……我不知道。」她貓般的大眼直看進我眼底，「我沒有說謊，只有我們三個人，是我無法確定的。」

看著山貓的雙眼，那雙眼明亮清澈，一點都不像是被附身或是神智不清的人。

「所以我們不是不能離開，而是……沒有發現離開的關鍵？」

山貓閉上眼，點了點頭，「是。明仔，我相信你可以的。」

「哼！妳說得輕鬆！」我冷哼一聲，把她推給學長，「學長，帶她走，我不想看到她！」

眼尾瞄向電視螢幕，魔神仔不吼不叫也沒衝出，卻在不知不覺間消失了。

學長跟山貓繼續以長沙發爲據點，我小心翼翼的繞過滿地肉醬渣到了餐桌邊，不想與山貓爲伍。

藉口一堆，理由成山，魔神仔想幫我們……還想幫我？我跟他交情什麼時候那麼好了？好到要在林間裝受傷騙我們、讓我們在樹林裡迷路、然後再上山貓的身帶我們到這間會吃人的屋子？

到底誰說好人有好報的？別說是阿伯了，今天就算那兩個小屁孩受傷，我也一定會……會……

我好像一直都在做這件事，那個藍綠相間的麻袋，我突然覺得似曾相識。那是什麼時候的事？久到我記不清了，國中吧？回阿公家時跟堂哥們到附近去野餐，我也是有小屁孩的階段，我對阿公家後面的小山根本熟到不行，滿山遍野的亂跑，當家裡後山似的。

有那麼一個麻袋散落在水溝裡，還有一大堆筍子。

對耶！我看過那個麻袋，也記得掉落在圳溝裡的筍子，我們一大群小孩驚喜連連的撿筍子，然後在圳溝旁的田裡，發現了倒地的老人家——白色汗衫、藍色綿褲、染血的破裂的斗笠！

等一下！那個阿伯——我突然跳起來，衝到客廳去，想看看電視屏幕裡是否還映著那魔神仔的樣子！

山貓轉過頭看著我時，噙著淚的臉龐泛出喜悅，「你想起來了？」

「什麼？」耀承學長不解。

「那個……天哪！」我望著電視，裡面沒有映出任何人的模樣，但是我不該會忘記那張臉。

那是個扛著沉重竹子返家的阿伯，結果被凌晨酒駕超速的車子擦撞，人飛進了田裡，頭部重擊圳溝石圍、筍子落進水溝中，奄奄一息！我們發現他時，他還活著，堂哥衝回家叫大人救命，我則用手捧著圳溝裡的水想餵阿伯喝。

送上救護車時阿伯還活著，可是我聽說後來阿伯還是不幸離世，死因為失血過多。

對那時的我來說，只感到生命的脆弱，總是想著如果我們早點去玩就好了，早一點發現阿伯，或許阿伯就不會死了。

或許……

「魔神仔是阿伯？」我的聲音一定在發抖，戰戰兢兢的看向山貓。

山貓真的是喜極而泣，淚水撲簌而落，「他也是靈的一種……」

「在說什麼東西啊？」耀承學長自然搞不懂。

「如果是阿伯……那他爲什麼要這樣對我？沒有救到他不該是我們的錯！」我簡直不敢相信，眞的是當年那個阿伯！「他用這樣來懲罰我嗎？用殺掉我的朋友來懲罰我？撞死他的不是我們啊！」

「不是不是！明仔你想歪了！」山貓焦急的解釋，「他是好意的，你必須去體會他的用意！」

「把大家都殺了，能有什麼用意！」我氣急敗壞的推開山貓，「這根本是在懲罰我！」

怪我太晚發現他？還是怪我們沒有做即時處理？那個時候誰懂急救啊！況且他是失血過多，誰救得了，要報仇爲什麼不去找那個撞死他的酒駕混帳？偏偏是我！

那天這麼多人一起玩，爲什麼偏偏只針對我？如果針對我就算了，何必牽扯我朋友？讓我看著他們慘死，就是他的用意嗎？

我全身緊繃，緊握飽拳的擊上餐桌，我應該第一眼就要想起那個阿伯是誰的，如果那時知道他不是人，就不會是現在這種狀況！

我們應該已經平安下山，原訂行程是要去吃牛肉火鍋、大快朵頤！

究竟爲什麼？幫助人錯了嗎？

腳踩到餐桌上掉下的科學麵，酥脆的聲音讓我分心，彎身撿拾時，才發現剛剛猴仔被吃掉前，桌上的零食因翻桌掉了滿地！

我一一拾起，科學麵、巧克力條……幹！或許我應該在死前暴飲暴食一番，既然最後會死掉，我不如快點選自己愛吃的東西吃到脹！

冷凍庫裡也有水餃，管那些食物是眞的還是蟲，只要好吃我都認了！反正我就是要吃飽！

我粗暴的拆開科學麵，味道一冒出來，我立即湧起一股厭食的反胃。

我居然沒有胃口？

再打開巧克力，一樣沒有任何想吃的慾望，我們都被困在這裡多久了？照理說應該像餓死鬼發狂啊？我們有多久沒進食了……

不，我昨天睡覺時還有吃一點……我身子一繃，直接衝向右邊的臥室，那裡是大家的背包集中處！

「明仔？」耀承學長的聲音追了過來。

我滑進臥室拖過我的背包，倒出所有食物，我記得我帶了一包蘇打餅乾，還有三明治，前兩天爲了長期抗戰，我只吃了一片餅乾跟剩下的三明治，因爲三明治有沙拉不能放，不吃不行，我還紀錄了剩餘的餅乾數量，其他都放在夾鏈

袋……裡……

物品散落一地，包括那完好如初的一半三明治，及根本沒拆開過的餅乾。

「明仔，到底是怎樣？」耀承學長站在門口，「你跟亞晴是在打什麼啞謎啊？」

我的手不聽使喚的發顫，拾起了那咬一半的三明治，這是在石桌凹地那邊吃的，然後……就沒被吃過了嗎？

「怎樣？肚子餓喔？」耀承學長皺起眉，略微向上看著，「怪了，我怎麼都不覺得餓。」

「我吃了，昨天晚上吃掉了……」我望著三明治，再拾起沒拆過的蘇打餅乾，「因爲嘴饞，還偷吃了一片。」

耀承學長緊皺起眉看著我，一副我有問題的樣子。

「開都沒開過，你吃誰的？」耀承學長不解的雙手抱胸，「魔神仔吃不吃這些啊，能用這些交換他不吃我們嗎？」

我抬頭看向學長，「學長，你餓嗎？」

耀承學長挑了挑眉，沒有遲疑的搖頭。

是啊，不餓也不渴對吧？我再度站起，回到廚房旁，我的手機是插在那邊充電的，因爲上午發現電力剩下60%，怕沒電就先充。

按開手機，電力顯示：50%。

插頭一直都插著，但電力根本沒有輸送過來，我索性拔掉插頭，仔細看著上面的日期。

「你們誰說點話吧？」耀承學長沒好氣的步出，「搞什麼神祕！明仔爲什麼也瘋瘋癲癲了？」

耀承學長向走近餐桌這邊的山貓問，我根本沒空理他們。

「我們……已經在這間屋子待超過四十八小時了！」

耀承學長直接看向手錶，「十點……對，超過了！」

「但是我們不但滴水未進，也完全沒進食……卻沒人感到餓？」

我緩緩凝視著山貓，她緊張的嚥了口口水，一臉期待的看著我。

「所以唯一會餓的就是這間屋子囉！」耀承學長還有心情打哈哈。

我下意識摀著肚子，對這情況不可思議，這根本不是正常狀況，我們歷經魔神仔的誤導，在樹林裡奔跑，淋過雨後更別說又餓又冷了，進屋四十八小時居然沒人吃過東西……不，我明明有吃，我甚至還記得三明治的味道，但它就是完整的在我背包裡！

蘇打餅的鹹香我也沒忘記，可是它卻完好如初的在原來的包裝袋中！幻覺嗎？讓我們產生吃飽的幻覺，然後再讓我們餓死？這根本不合理！屋子已經先吃了大家了！精神上如果有幻覺，但生理上呢？我的胃應該會餓得發慌，飢腸……轆轆……

我的胃沒有在蠕動，我甚至沒有感覺到某個該有的節奏！

我瞬間倒抽一口氣，倏地將指頭擱上頸部，另一隻手置放胸前，企圖計算我的脈搏與心跳——幾乎在眨眼間，我眼前那張空著的椅子上，某個熟悉的女子竟緩緩現身，她正趴在桌上睡著，沒有任何青色的臉龐、也沒有猙獰樣貌，只是靜靜的趴睡！

那形體如此清晰，彷彿她早就在那兒！

「學姐？」我愣愣的喊了出來。

瓊儀學姐聽見我的叫聲，愣了幾秒，驚訝的抬起頭，一看見我淚水立刻奪眶而出。

「終於看見我了嗎？」她緊闔上雙眼，欣喜的擠出淚水。

「明仔？你在跟誰說話？」耀承學長狐疑的看向我。

山貓什麼都沒說，只是淚流不止，她……果然什麼都知道。

我沒有回應任何人，而是飛快的往門口奔去，此時的客廳已沒有北猿的爛肉、明雪的血，而是一個再普通不過的地面，回頭望向廚房，冰箱上猴仔的血花也已消失；我拉開木門，那藍色雕花鐵門外頭始終漆黑不見景物，但是我這次卻能把指頭穿過那個欄杆縫隙了！

指頭從縫隙伸出，我立刻觸到了某樣東西，當我收回手時，指尖裡都是灰褐色的、濕漉漉的泥土……一如剛剛明雪被吞噬後冒出來的東西。

我回首望向山貓，她的淚水滑下臉頰，而她右手上的紅色佛珠，就在這瞬間斷線，紅色的珠子散落一地……

噠噠、噠、噠……啊啊……我知道了！

仰起頭，我冷靜的閉上雙眼，就能發現其實我可以看得更高、看得更遠，不但看得見坐在餐桌邊的瓊儀學姐，還可以看見魔神仔一直都坐在電視櫃上，甚至可以聽清楚「屋子的說話聲」。

還有那個藏在每次召喚中、若有似無的鈴鐺聲，叮。

說話的不是屋子，而是屋外，因爲屋子外面有著許許多多的人影，還有亮如白晝的探照燈、四周聚集大量的人。好些人穿著工作服的雨衣，腳陷入深達五十公分的泥濘裡，合力將一個擔架往上傳遞著，一個接一個，深怕上頭的人會摔落。

「這個確定了！是許明雪！」戴著安全帽的男人看著全身泥土、頸子折斷的明雪大喊著，「已經找到第四個人了！」

「耶！」現場一陣士氣振作！「加油！」

「大家加油！還有三個人！」

穿著雨衣的男記者迎著風，面對攝影機，調整好情緒。

『本台記者最新連線報導，兩天前土石流災區有最新進展，疑似九名學生因躲雨而受困的山區小屋，已被土石流全數掩埋沖毀！除了及時逃出的兩個國中生外，經過搜救小組不眠不休的挖掘，相繼找出王瓊儀、林伯原、沈志朋後，在剛剛又順利挖掘到第四名學生的屍體，一樣是同所大學的三年級女學生，許明雪……』

「剩下三個人！大家加油喔！一定要找到他們！」

「那個學生──」領頭的向旁邊大喊，「請那兩個學生過來一下！」

兩個裹著毛毯的男孩趕緊衝過去，啊啊……我看見了，是小屁孩！他們竟逃過一劫嗎！太好了！真的太好了！

「我們在這裡挖出女生叫許明雪……你們記得誰是許明雪嗎？」

「記得！」兩個小屁孩紅著眼睛點頭，都哭腫了。

「那依照這個方位，你們能再指出剩下的三個人在哪裡嗎？」

「明雪姐是睡在房間裡的，如果在那邊找到的話，表示屋子整個都翻了一大圈了！屋子本身翻滾，位置也繞了一百八十度！」大瘋指向了另一頭，「這樣明仔哥他們都在另一端，他們是睡門口旁邊的！」

「但是都滾了好大圈，會不會也滾動了？」小瘋哽咽著，不停抹淚，「伯原哥就掉到另一邊了。」

「沒關係，我們來找！你們兩個真的不先下山？」

兩個小屁孩用力搖著頭，異口同聲，「我們要等大家集合！」

叮叮——叮叮——啊……我聽見了，又聽見那清脆的鈴鐺聲，現下如此清晰。

在記者圍繞的的一旁，有著泛著火光的紙錢堆、爸爸媽媽正跪在旁邊，還有個人手裡遙著招魂鈴、更揮舞著白色的招魂幡旗。

『方——耀——承！』叮叮叮叮……

『林——亞——晴！』叮叮叮叮……

『鄭——明——翔！』叮叮叮叮……

啊，是我的名字！

我當然不能回應，因爲這的確是來自不同世界的呼喚。

我剛剛……並沒有測量到我該有的溫度與脈搏數，我聽不見我的心跳聲、我也沒有脈搏的跳動。

死人是不該有脈動的。

原來，我們早就已經死了。

第十章

撥雲見日

外頭的大雨依然持續，狂風也未歇止的怒吼，那一陣陣定時的閃電也照例落下，只是這一切，已不會帶給我們任何的恐懼。

門旁的玻璃窗上不再有搜救人員的手影，怪手挖土的震動也不會再如地震般嚇人，所有的一切詭異現象，再也不會震撼我們平靜的心。

土石流是什麼時候發生的呢？應該是我們進屋後入睡時吧，停電正是因為土石流的發生，我睡夢中隱約聽見的低頻該是土石自山上奔騰而下的死亡巨響。

所以我有幾秒的動彈不得，因為我已經被土石掩埋，怎麼可能動得了！

「山貓，那時……是妳叫我的吧？」我坐在地上，背靠著沙發。

「嗯……那是在土石掩埋我們之前的幾秒鐘！」山貓悲淒的點了點頭，「小屁孩他們在前幾分鐘溜出去，我被魔神仔及他們開門的聲音喚醒……緊接著我就感受到不對勁，原本試圖叫醒大家……」

「土石流的速度怎麼可能來得及！」我嘆口氣，「就算妳叫醒我們，我們還沒跑出去就已經被掩埋了。」

所以那聲尖叫，的確是來自於山貓。

「也是……」

「我說小屁孩怎麼逃得過？」耀承學長皺著眉，百思不解，「我們都在屋

裡，外面下雨下成那樣，他們跑出去幹嘛？」

山貓抿了抿唇，「他們說……晚上比較容易看見魔神仔，所以想出去賭賭運氣……」

哇、靠！我眞的瞠目結舌，難怪北猿會叫他們大瘋跟小瘋，對傳說與詭異事件有點喜愛？有點？這叫狂熱吧！

「眞了不得，竟然還是因爲這樣逃過劫難！」耀承學長低低的笑了起來，「感覺還像是魔神仔的回饋咧！」

學長自從知道我們早就已經死了之後，竟更加泰然。我從以前就覺得學長超級理智鎭靜，經過這一連串事件，我依然少見到他慌張的模樣，實在令我欽佩不已！

我訝異的問他爲什麼知道自己死亡了也不吃驚，他回答我他也很吃驚、很痛苦、很訝異，但是既然已經死了——「那就把握現在的時間，做想做的事情吧！」他苦笑著，這麼說道。

想做的事情？除了釐清一切之外，就是把握相聚的時間吧！

正如山貓從高燒中突然甦醒時說的：『該交代的都交代清楚吧，你們的時間不多了。』那正是魔神仔，或者說那個阿伯想告訴我們的。

瓊儀學姐就坐在旁邊，我們已經看得到她，而她也不再是可怕的青色厲鬼了！

「學姐是因爲有執念存在，她對我們的事耿耿於懷，所以才離不開。」山貓幽幽的說著，朝著瓊儀學姐用力行禮，「對不起！學姐！」

「算、算了……人都死了，還計較什麼！」瓊儀學姐也是我跟她說明之後，她才知道自己死了。

「這樣說來，瓊儀是第一個被發現的，」學長曲著腳，好像在思索什麼，「然後是北猿、猴仔……明雪……」

他喃喃唸著，然後掃視一遍這看起來正常不過的屋子，這棟不知道爲什麼還保留原狀的屋子。

「瓊儀妳是睡在最裡面的房間對吧？」學長瘦長的手指往右方開始比起，「可是北猿睡在沙發後啊，猴仔在餐廳……救難隊發現屍體的順序怎麼不太一樣？」

「因爲屋子滾動了！自轉加公轉，在房間裡的瓊儀學姐跟明雪再怎樣滾都在房裡，睡外面的比較容易滾動堆疊吧！」我也是推測，「但至少……知道大家是怎麼死的。」

看來瓊儀學姐的左手還跟我們在一起，北猿是被壓爛的、猴仔的右手折斷、明雪則是頭子。

「所以現在就剩我們三個人還沒挖到了，」耀承學長依然一派輕鬆，「我們三個人就窩在門口嘛，山貓在沙發上、我坐在地上趴著，你躺在旁邊。」

我點點頭，「幸好不痛……啊！」

我看向山貓，她只怕土石流時是唯一醒著的人。

「一瞬間而已，我就暈過去……死了。」山貓壓著胸口，「但是我有感受到恐懼，雖然只有幾秒，但根本來不及想。」

「看來還要一陣子才挖得到我們。」耀承學長舉起雙手，放在後腦杓枕著，「能聚也只有現在囉！」

山貓露出一抹苦笑，「讓大家飽受恐懼的滋味並非我原意，我只是想要跟你們多點相聚時光！其他線索也只能讓你們自己發現。」

學長親暱的摟過她，吻上她的臉頰，我的心裡沒多大波濤，現實情況讓我們不得不面對自己早已死亡的衝擊！

我已經死了，什麼事都做不成了……我再也不需要畏懼被屋子吞噬，因為那代表我哭泣中的父母可以發現我的屍身！

那女聲的呼喚，是來自我親愛的母親，她的叫聲肝腸寸斷，也讓我痛徹心扉！

「那爲什麼……我們在土石流發生後，大家還是存在這間屋子裡呢？」已化做鬼魂的瓊儀學姐，依舊搞不清楚狀況。

山貓抬首，痛苦的嚥了一口口水，「因爲我們不知道自己死了。」

就跟許許多多出意外的人一樣，事情發生太突然，所以沒有意識到已經死亡的自己，以爲還活著，繼續做平常的事情、過平常的生活。

「如果是這樣，我以爲我們會繼續行程，然後繼續旅行……」我無力的說著，旅遊已是不可能的夢想。

「這樣子違反常態，我們不能飄盪在人世間，那不屬於我們的世界……」山貓從口袋裡緩緩的摸出一個東西，「所以『他』才把我們困在這間屋子裡，讓我們以爲這是間鬼屋，在大家被拖走時，歷經的痛苦與恐懼，才能面對自己的死亡了！」

他，魔神仔。

「我對阿伯有點意見。」耀承學長提起阿伯，臉色就不是很好看，「我們會進到這間屋子，就是因爲他害我們迷路的不是嗎？引誘我們進樹林，什麼子母樹

的小路、亞晴引領，都是他一手促成的不是嗎？」

山貓蹙眉，很不得已的點頭。

「所以他不誘騙我們離開主要路徑，不就什麼事都沒有了嗎？」這也是我非常非常在意的點！

因爲如果我們按照行程走，根本不會有這些事……吧？

等等，難道說——

「是，我們無論如何都會死。」山貓淒楚的笑著，「因爲屋子這一帶是最晚發生土石流的區塊，我們預定走的蝴蝶徑全部走山了……」

啊啊……所以如果我們按照原定行程，只怕在蝴蝶徑時就全部被土石掩埋、甚至沖到山下，屍體四分五裂，不知在何方了。

「眞討人厭的理由。」耀承學長轉著眼珠子看著整棟屋子，「所以這樣我們還能保有全屍啊……眞貼心咧！」

是這樣嗎？的確，在屋子裡橫豎都有全屍，就算屍身很慘，如北猿被壓成肉泥，也至少有具屍骨；如果在山徑中被沖下山，就不知道在哪兒了。

「阿伯原來是用心良苦嗎？但我實在……覺得就是怪怪的，講不太出感謝語啊！」我這是由衷的，「畢竟我們在屋裡歷經的恐懼與悲傷太多了！」

「那是不得已的啊，必須讓我們感受到自己已經死亡，否則會一直徘徊在人界的。」

「山貓，妳在……被附身時就知道了嗎？」我有點難想像，「這樣承受的壓力未免太大。」

「我們死後我就知道了！我看得清楚，也知道阿伯的用意……我們七個人本來就註定會死在一起。」山貓拭去眼角的淚，「但我想要多一點時間跟大家相處，明仔你也是吧？你一直很期待這次登山之旅的……所以阿伯給了我們更多的時間與空間，讓大家都能說出心裡話，至少遺憾少一點。」

我痛苦的閉上眼，山貓說得一點也沒錯，出發前一天……不，早在幾天前，我都在期待著這一次的登山行。

我想跟猴仔創造更多的回憶、我想讓瓊儀學姐開心、我想多照顧明雪、我還希望偷偷撮合「北猿與山貓」……耀承學長是意外之客，但是我卻沒有拒絕。

而大家各自都說出心底話，明雪最終也向我告白了，的確可以讓她少一點遺憾。

『王——瓊——儀』叮叮叮叮……

外頭在呼喊著學姐，呼喚了好多次。

「學姐，妳眞的該走了。」我轉頭看向她，「屍身找到，可是妳招魂一直失敗……妳家人哭得很傷心！」

「可是我……」她看著耀承學長，欲言又止。

「瓊儀，去吧！」耀承學長來到她身邊，牽起她的手，「跟妳交往那段時間，快樂的時光其實很多！」

瓊儀學姐淚流不止，她淒美的微笑著，隨著外頭鈴噹聲的加劇，她的形體也逐漸的融解……消失……

「我喜歡你們！每一個都……」瓊儀學姐消失在空氣中，但是她的聲音依舊繚繞著。

都喜歡……

唉……我的淚水不自覺的滑下臉龐，沒想到死人也有流淚的機會，我們現在坐在這裡，已不是等待死亡，而是等待被發現。

我拿過日記本，這上頭寫的東西將不會存在，因爲這是我死亡之後的紀錄，沒有人會知道我們遭遇的這段事情。

我沒必要再去想我要活下去、不再想我未來要做什麼，我也不會懊惱當初爲什麼舉辦這一場登山之旅了！

我現在想的是，我這二十二年來的種種，我經歷過的快樂、痛苦與悲傷！

跟猴仔認識在大一的路上，我們兩個同時都在找房子，後來就成了麻吉！接著我在班上莫名活躍，認識一直跟著我、支持我的明雪，偶爾出來吃吃喝喝的學弟北猿，還有掌管學會總務的山貓。

明雪的直屬學姐瓊儀也是在那時認識的，學姐開朗且大條，其實非常好相處，那時她跟耀承學長是一對，大家自然混得熟。

接著我們常一起行動，有時也會私下聚會！像我會陪明雪去買東西、會載山貓去車站，也會跟耀承學長一起去看電影。

我的大學生活是我人生中最燦爛的時光，而且是這六位朋友交織我的璀璨人生！

少了他們任何一個，我的過去就不完美，因爲有他們，我才能這麼快樂、我的記憶才能這麼豐富，我也因此有勇氣，來面對不該出現的事情。

我想起明雪的遺言，我亦來不及跟我親愛的家人道別，也沒有說出我對他們的愛與感覺就這樣死了……爸媽在外頭哭得如此傷心欲絕，我眞心覺得自己是個不肖子！

沒有猶豫，我決定拿過日記本，能寫多少算多少，我要把一切寫進去！

「明仔，你寫那些又沒人看得到！」學長直接冷水一桶。

「看不見就算了，我還是要寫……把我們遭遇的所有都寫下來！」

雖然我們已辭世，但說不定眞的有人看得見，如此留下傳說？或增加山難的鬼故事？呵……小屁孩們可能會很開心喔！

我藏著笑，在日記本上寫下非常簡單的幾個大字。

『7月7日

我很幸福。

認識這一幫好友，我非常的快樂與幸福，能夠在一起，是我莫大的幸運。

請不要過度掛念我，我親愛的家人，我愛你們，不管我身在何處，我都會一直守護著你們。

鄭明翔』

耀承學長跟我拿日記本去看，看完之後，他們兩個紛紛搬出自己背包裡的筆記本，也在上頭留下簡單的遺言。

『小心點！好像有東西！』

『沙發！是沙發……怪手停！停！我好像看見腳了！』

我們都聽得見那若有似無、的的確確不屬於這世界的聲音，我們也知道，下一個被找到的人是山貓！

「亞晴！」學長緊緊的擁住了她，「我眞希望時間能夠再多一點！」

「耀承……已經夠了，我們已經多出太多時間了！」山貓說著，身體正漸漸的透明，「這輩子可以認識你，眞的很棒……我很幸福……」

「亞晴！」學長痛苦的看著逐漸消失的她。

「明仔，好好照顧他！」

林亞晴劃上一抹幸福而嫵媚的笑容，享受般的閉上雙眼，徹底的消失在我們面前。

找到了山貓，說不定很快就會找到伏在她身邊的學長。

只剩下我們兩個，我們只能面面相覷。

「我一直在逃避問題。」我看著學長，突然吐出心底話，「我一直在想該怎麼面對一件人生大事，卻沒想到我的人生根來不及繼續……」

「哦？」耀承學長勾著嘴角，依然是那漫不經心的態度。

兩個男生肩並著肩坐在沙發上，我該是平靜的心卻開始奔騰。

「人生太無常了。」我苦笑著嘆口氣，「我甚至來不及跟我爸媽說……」

「要說什麼？」耀承學長轉過來看著我，「你的人生大事是什麼？」

「沒、沒什麼！」我以為我可以對學長說的，但我看著他就說不出口，即使我們都是死人了，我還是無法開口。

『手！這裡有手！』

「喔喔……看來是輪到我了！」耀承學長突然握住我的手，「明仔，再不說就來不及了！現在全世界只有我能聽你說話了喔！」

我瞪大了眼睛看著學長，他身子周遭開始泛出光芒，身形也開始在消失了！學長要消失了！

「我喜歡你！」我衝口而出，「學長，我喜歡你！」

我很早就知道自己是同性戀，這個問題困擾我非常久，我卻不敢面對眞實的我，更怕我周遭的人無法接受……尤其更怕告白後會失去耀承學長這個朋友。

我只能自我幻想告白的場景，但保證沒有幻想過是在這種情況下——死後才告白！

「我知道！」耀承學長竟然笑了起來，「面對眞實的自己，沒有什麼不好。」

「學長？」我被他的笑容嚇到了，「你……知道？」

「我跟亞晴都知道啊！喂，下輩子有機會，記得在活著的時候，好好把握時間……誠實的面對自己。」耀承學長開始化作一個個微小的粒子，一點一滴的飛散在空中，「對了，這個就不要寫在日記裡了……」

「學長！」連再見都來不及說，學長化成的無數光粒，溶於空氣之中。

我沒有想到學長竟然知道我喜歡他的事！而且連山貓都……難怪在猴仔被拖走後，我差點被召魂成功之際，山貓會要學長來叫醒我，每當我打算回應呼喚時，她也是叫學長來阻止我……

因爲她知道，我有多在乎學長！我不可能扔下他的！

誠實的面對自己啊……既然如此，那明雪或許能諒解我始終無法欺騙她的原因，因爲我心裡一直有別人，我沒辦法說謊，我想保護的人也只有他。

或許我早該誠實的面對自己、面對朋友，儘管「人生苦短」這句話大家常掛在嘴邊，但是誰都不知道究竟有多短！

我們每天都這樣渾渾噩噩的過日子，猴仔甚至過得還有點荒廢，就算大家都知道「人有旦夕禍福」，但是也沒人會認爲這會發生在自己身上。

我現在最後悔的，就是沒跟我家人說過我對他們的愛，就這麼猝然死去，徒留他們悲傷。

早該在活著的時候，多做些該做的事才對。

雖然人生很短，但是做這點事的時間……還是有的，只是會想到這一點的

人，不是將死，就是已經死了吧？

『找到了！最後一個人！在這邊！』

啊……終於輪到我了……我的身心竟然如此輕鬆，彷彿迫不及待的想要前往另一個未知的世界似的。

我看著自己的手逐漸透明，這時在短沙發邊，緩緩出現了那戴著斗笠的阿伯，魔神仔，「謝謝你，阿伯！」

阿伯抬起頭，眼睛瞇成一條線，和藹的對著我笑。

我滿足了，是時候該走了。阿伯與我同時幻化，而我再度感受到那虛無縹緲的飄浮感，然後是無與倫比的疲憊感湧上，好想睡啊……

日記本落上了地，然後我聽到了我的名字。

『鄭——明——翔——』叮叮叮……叮叮叮——

「找到了！最後一個學生！終於找到了！」

「全部找到了！全部都找到了！」

尾聲

『數日前的午後暴雨，突然在山區造成土石流，沖刷掉許多的屋子與農地，一路上許多地基也已被沖毀，而陳姓屋主因爲出外參加友人的婚禮而逃過一劫！但是卻沒人想到，有九名學生，竟然誤闖陳姓屋主的家中避雨，而慘遭不測！』

『據存活的夏姓國中生說，狂風吹開鐵門，木門亦無上鎖；但陳姓屋主表示，他與妻子出門時確實有將門上鎖，不解爲什麼這些學生能順利進入屋子。災難發生當天在小文山有多起坍方，最早某段蝴蝶徑全數消失，稍晚才是陳姓屋主這帶，而兩名國中生因爲想要夜間探險所以溜出小屋，他們在距離土石流區約五百公尺處感到地鳴及坍方，也是因爲他們打電話報警，才能知道屋子裡竟然有人！』

『搜救小組冒著危險，在兩天後挖出了七具屍體，正是這七位大學生，死者分別爲剛畢業的王瓊儀與方耀承，然後是大三的鄭明翔、沈志朋、許明雪以及大二的林伯原及林亞晴，據警方研判，土石流掩蓋時他們正在睡夢之中。』

『搜救小組也挖出幾個背包，在方耀承與林亞晴的背包裡，竟然留有：『爸爸媽媽，我愛你們』的字條，這是巧合？還是遺書？』

『據一位不知名人士表示，其實現場還有挖到一本被泥土掩埋的日記本，持有者是鄭明翔同學，聽說內容十分駭人，因爲在七月四日，也就是土石流發生的隔天，日記竟持續到七號，究竟是鬼神之說？還是日期寫錯？』

『聽說最後一頁，也就是被發現屍體的那天，鄭明翔同學也留下了如遺書般的字眼，表明他十分的幸福與泰然，內容也提到他深愛他的家人。這究竟怎麼回事，成爲一個令人悲傷的謎……』

『今天早晨，七名同學舉行聯合公祭，一大早該校的校長就——』

啪！遙控器按下，電視即刻關掉。

兩個國中生坐在地上，沉默漫開，他們從書包裡拿出了白毛巾，早上的公祭他們都去過了，那是令人心碎的場面。

「如果我們沒有離開，我們也死在裡面了說……」小瘋悶悶的說。

「但是我眞的聽到有人在外面說話，我才說要出去的。」大瘋做了個深呼吸。

兩個學生再度看著彼此，轉著眼珠子一臉神祕。

「會不會是魔神仔保佑我們啊？」

「說不定喔！」

緊接著，大瘋拿出手機，既興奮又期待的調出相片集——在樹林裡，北猿揹著老人身影的照片！

「眞的是魔神仔！」小瘋都快哭了，「好清楚喔！」

「對啊！超感動的！而且照片沒有不見！」大瘋珍惜的看著照片，「我們爬山這麼多次，第一次遇到魔神仔耶，就說一定要自己去，絕不能跟爸媽！」

「眞的！」小瘋緊張的探前，「欸，那個明仔哥他們的日記……」

只見大瘋堆滿笑容，再度滑動手機，一張張拍得清晰，雖然頁面沾有泥土，但依然看得見字跡！

「我、都、拍、下、來、了！」

他找明仔哥的父母問的，竟然眞的有！

「喔喔喔！天哪！眞的是土石流後寫的耶！連七號的都有！」小瘋雙眼熠熠有光，「所以大家在被掩埋後還活著！」

「不知道……但就是寫下來了！明仔哥還把想交代的話都寫下來了！」大瘋仔細放大照片，「好想知道被掩埋兩天他們在做什麼喔！天哪！眞叫人羨慕！」

小瘋原本想應和，但欲言又止，「還是不要好了，伯原哥他們死掉了耶！」

月7日
幸福。
一幫好友，
能夠在
運。
我，
們，
會一

大瘋瞥了他一眼，眉頭深鎖，「唉，說得也是……結果這真的是魔神仔害人的事件，但警方都不信！」

「對啊！他們明明看到日記了！」小瘋也相當扼腕，「沒關係，我們自己寫上部落格就好了！」

叩叩，門外有人敲門。

「夏天，洋洋，出來吃點心吧！」溫柔的女人聲音說著，「是冰喔！」

「好！」夏天高聲回應著，「謝謝媽媽！」

兩個人把書包收好，但依然興奮的討論這次的精彩經歷，全身血液都在沸騰。

「夏天，以後我們也考A大好不好？」洋洋突然開口。

「咦？」夏天有幾分錯愕。

「嗯，我想當伯原哥的學弟！」洋洋認真的望著從小一起長大的夥伴。

夏天劃開微笑！「當然好啊，我從以前就想當伯原哥的學弟了，然後我們一起創一個新社團怎麼樣？」

夏天邊說一邊打開房門，身邊的洋洋雙眼一亮，兩個人露出會心一笑，開心的異口同聲：

「都市傳說社！」

都市
傳說

都市傳說

都市
傳說

番外篇
洋洋的日常生活

嗶——刺耳的鬧鐘響起，才一秒鐘便被人伸手按掉了。

郭岳洋早已起床，坐在床緣的他伸了個懶腰，起身走到窗邊，將窗簾拉開，好讓晨光灑入房內，這樣才算一天的開始。

他的生活一向相當規律具條理，先煮咖啡，再利用煮咖啡的時間梳洗，梳洗完把吐司扔進去，小火熱鍋，再趁熱鍋時火速更衣，滑步出來套上圍裙後，還得再等一會兒才能煎蛋。

這是在公司附近租的單身套房，說是附近騎腳踏車也要三十分鐘的距離，畢竟離市區越遠租金越便宜，一種用時間換取金錢的概念。

甫出社會，開銷更大，總是能省則省，存錢爲上。

早餐吃吐司加簡單的生菜沙拉，佐上一杯熱騰騰的咖啡，他喜歡提早起床悠哉悠哉的享受早餐，取代急促趕往公司的生活。

從手機調出音樂，他的餐桌刻意面對窗戶，陽光柔和，可以獨享一份愜意。

早餐用畢先清洗餐具，再檢查公事包，郭岳洋做事向來仔細，這習慣打小就是如此，或許是天性使然吧！離開家，同時間隔壁的ＯＬ也差不多會這時出門。

「早。」果然正在鎖門時，女孩探出了頭。

「早安。」她也習慣在這時遇見他一樣，總是不吝嗇的給予燦爛的微笑，

「今天天氣很好呢！」

「是啊，是個騎腳踏車的好日子！」

「你哪天不是騎腳踏車啦！」女孩笑著，兩人一起進入電梯，「說真的，這樣好累喔！」

「當運動啊，半小時而已，不然進了辦公室就是工作一整天了！」

「說得也是。」女孩吐了吐舌，「但我還是坐地鐵比較舒服！」

兩個人一塊兒到了樓下，女孩的男友早就充滿敵意的在外頭等待，郭岳洋禮貌的跟他打招呼，對方的笑容總是很僵，彷彿怕他會搶走女孩似的。

「你幹嘛這樣，禮貌呢？」

「我看到他就笑不出吧，妳一定要跟他一起下樓嗎？」

「你神經病喔，就鄰居啊！都要上班不然咧？」

「他長那樣妳叫我怎麼放心！」

小倆口的悄悄話說得真大聲，背對著他們離去的郭岳洋只是無奈的笑笑，他長這樣？往路邊停車的玻璃望去，他就還是這個模樣啊，五官端正，有點可愛……以前大家可是說他們是二次元的萌系男孩呢！

不過男孩會長大，可愛的模樣漸褪，取而代之的是清秀的男人臉龐了。

好吧，郭岳洋得意的上唇微翹，他不否認自己長得蠻好看的。

啊！才一正首，發現腳踏車剩下兩台！站在馬路這頭的郭岳洋有點焦急，今天借車的人怎麼這麼多啊！對面的City-Bike有幾十台啊，平常至少還有十輛左右，要是沒車他就麻煩了！

心急的望著紅燈倒數，第一次覺得這紅燈未免也太久久久了吧！叮，小綠人出現，郭岳洋百米衝去，直接朝著——最後一台腳踏車，由另一個上班族嗶卡，牽走了！

「啊……」郭岳洋無力的看著空無一車的腳踏車站，回頭看著雙倍距離的地鐵，這下子他鐵定遲到了！

好！衝一下好了，用跑的到地鐵站，說不定可以趕上前一班的……才一回頭，他就差點撞上了腳踏車。

「哇啊啊！」女學生嚇到失去重心，郭岳洋趕緊握住龍頭以免她摔下去。

這所學校——不就是前面那間初中嗎？

「對、對不起！」女學生驚魂未定，「我沒想到你會突然轉身。」

「啊沒……妳是不是要下車了？我需要腳踏車！」郭岳洋喜出望外。

「是……對！」女孩趕緊跳下車，「你要嗎？車子給你！」

「謝啦！」喔耶！今天眞是太幸運了！

郭岳洋跳上腳踏車，趕緊加速踩著踏板，就算交通繁忙，他還是喜歡這種乘風的感覺……從小開始，他就喜歡跟夏天一起徜徉在風裡，他相信，如果夏天還在，他們也會一起騎車上班的。

時間過得好快，夏天失蹤彷彿是昨天的事一樣，地球一樣在轉動，大家依然繼續生活，完成學業；小靜持續在格鬥場上發光發熱，每一場比賽他都沒有放過，與毛穎德仍舊交往中，只是看到他們兩個同時出現在娛樂版時，他還是會覺得有點彆扭。

「都市傳說社」在夏天離開後，他再運行了半年，便換學弟妹承接，失去了夏天、小靜跟毛穎德的「都市傳說社」，也不是他當初創建的社團了！

這樣說或許很殘忍，但社團是他跟夏天共同創立的，少了誰都不再完整。

叭——刺耳的喇叭聲自左方響起，郭岳洋嚇了一跳，才發現有台計程車直接從內線硬切過來，原來是轉角處有人招手攔計程車，害得後頭一票腳踏車跟機車都嚇得閃避。

「不要這樣切啊大哥！」有人嚷著，但計程車一向不會鳥他們。

騎腳踏車的他默默等待，他沒那個本事跟計程車輸贏。

計程車啊……他望著車子，腦海裡浮現的是深夜的都市傳說，夜晚載客的計程車司機，永遠不知道他今天會載到誰……

想到都市傳說，他就會泛出淺笑，喜愛都市傳說的心沒有變過，只是無法再待在沒有夏天的社團裡，所以大四後，他就不再去「都市傳說社」了。

事實上，畢業後去當兵，接著回來找工作，他都沒有再去接觸學校、瞭解「都市傳說社」的現況，自己知道是潛意識的逃避，擔心的是自己如果看到學弟妹遇到了「都市傳說」，會心癢的想介入，然後想起在月台上永別的夏天。

如月車站的往事歷歷在目，彷彿昨天才發生的事一樣，一起長大的默契什麼都不必說，他早就知道夏天決定留在那邊的那一刻，一句挽留都不需要——因爲如果有一個人非得留在如月車站，除了夏天外，只怕沒人更適合了。

他不曾自責過，那是夏天的選擇，只是午夜夢迴時，總是會夢到在如月車站道別的那一刻，夏天在駛離的車廂裡，與他一起展示他們的招牌動作——我們是都市傳說收集者！

不，再也不是了。

因爲他已經到達更高的地方，他成爲了都市傳說的一份子！

「早安！郭岳洋！」走進公司大廳時，郭岳洋還在整理頭髮同事就打招呼

了，「你設計圖畫得怎樣了？」

「才沒那麼快咧！上面還丟了一堆東西要估價咧！」土木系畢業的郭岳洋，順利找到土木事務所的工作，每天忙得不可開交。「你咧？你手上不是也有？」

「厚，超煩的，有一大堆法規要避！」學長阿森也搔搔頭，「上面還叫我去監督施工咧！」

「你資深啊，換作別人去處長也不放心的！」郭岳洋笑笑，「像我這菜鳥，要去還沒人會帶我去咧！」

「我下星期去監工時帶你去啊，總是要先觀摩吧！」學長大方的拍拍他的背，「以後上手了，就換你去監工啦！」

「謝謝學長！」郭岳洋高興的回應，工地耶……

不知道會不會有水泥牆上浮現的人臉、夜半敲著鋼筋的聲響，或是伸出幾根手指的混凝土塊啊！

「早！大家早！」

每個人抵達辦公室，都會熱情的道早，有的人手握著咖啡呵欠連連，有的人在那邊吃早餐邊滑ＦＢ聊天，郭岳洋則先去茶水間泡了一大杯熱茶，坐回座位，打開電腦也是先叫出ＦＢ。

大概兩個月前，他因爲狼師在許久以前姦殺分屍小學生的新聞，注意到事件起頭來自「廁所裡的花子」，進而發現跟母校的「都市傳說社」有關，所以重新開始接觸相關訊息，也隨時留意「都市傳說社」的社團FB了。

現在社團的紀錄也很細心，一點兒都不遜於他，從廁所裡的花子、被詛咒的廣告，甚至是才結束的幽靈船，歷程都令人驚嘆與羨慕……他當然也想成爲身在裡頭的一份子，但是，已經離開學校了，現在的社團是學弟妹們在掌管，他不該介入。

仔細研究「都市傳說社」的變遷，他也沒想到在他們手上盛極一時的社團，不過幾年工夫，又被打回乏人問津的小社團，甚至回到舊社團的鐵皮屋去了。

這樣也好，越單純，越能享受「都市傳說」的樂趣……嗯，他是指發現都市傳說的樂趣，不是被都市傳說折磨的樂趣啦！

而且這幾年沒發生都市傳說也好，畢竟每次遇上都市傳說，總是伴隨著他人的死亡與痛苦，還有更多的悲傷。

「郭岳洋！經理叫你！」

郭岳洋嚇得趕緊關上電腦，跳起身，「好！」

離開學校之後，每天的日子就是這樣一成不變，上班、下班，日復一日。小

時候一心期盼變成大人，長大後才知道，當學生眞是無比快樂，變成大人的責任沉重，而且日子無趣極了。

人們爲了生活，必須一直工作，直到變成髮白齒搖的老年人爲止。

但，這就是人生啊！

忙碌了一上午，好不容易捱到午休時間，郭岳洋總會到公司頂樓喝咖啡俯瞰城市風景；幼時的玩樂、學生時代的中二，或是大學時爲都市傳說冒險的年代已經過去了。

他們已經長大了，有大人的路要走。

「眞的啦！我沒騙妳！」

「你說得這麼嚇人，這樣誰敢加班啊？」

「HR本來就不必加班啊！可是現在搞到大家都不敢待晚了，誰曉得會不會遇到什麼！」

嗯？郭岳洋天線豎起，爲什麼好像聽到了什麼「不尋常」的事？

「你不要講了啦，我今天可能會——」上來的女生看見郭岳洋，愣了一下，「啊！郭岳洋！」

郭岳洋回頭輕頷首，大口吸著豆漿，是莎拉跟Derek。

「你怎麼會在這裡？」Derek好奇的問著，「我之前聽說頂樓可以上來，我以爲大家都上來抽煙咧！」

「也是有啊，只是現在抽煙的還在吃飯，等等就都上來了。」郭岳洋往前方望去，「這裡視野多遼闊啊，在這裡吃飯心情都會變好。」

莎拉泛出滿足的笑容，闔上雙眼迎著高樓風，陽光和煦的灑在身上，雖然這高空視野放眼望去都是房子，但寬闊的景色就是能讓人跟著平靜。

Derek也是帶著飯糰上來的，雖然郭岳洋覺得他們不是爲了view刻意上頂樓吃飯，因爲他在頂樓吃飯好一陣子了，很少遇到同好。

「剛剛你們在聊什麼？」郭岳洋好奇但隨意的問著，「什麼嚇不嚇的？聽起以來好詭異。」

呃……這問題反而讓同事們起了戒心，莎拉不安的瞥向Derek，一副怎麼辦居然被聽到的臉。

撕飯糰包裝的Derek耐不住性子，哎唷出聲，「這也不是什麼祕密啦，早晚傳開，你就看越來越少人加班就知道了！」

「加班會怎樣嗎？」郭岳洋有些遲疑，「那個我也很常加班耶……說一下啦！」

「你也常啊……不過你是營建部的還好吧。」Derek湊前，還煞有其事的左顧右盼確定附近沒有其他人，「就是啊，我們公司這層樓，好像有那、個。」

郭岳洋略捏緊手上的豆漿盒，壓下了興奮的笑容。

「那個是指……」

「就那、個啊！」莎拉緊張的說著，「有點像辦公室的都市傳說。」

都市傳說！郭岳洋真的難掩發光雙眼，「真的假的？我們辦公室有都市傳說？」

Derek錯愕的望著稍微激動的他，「那個……你好像很興奮的樣子？」

一般說來，從他對外祕講至今，大家多半都是一副憂心恐懼的模樣呀！郭岳洋的眼神太亮了！

「呃，我有點好奇啦！」郭岳洋根本壓不住興奮之情，「所以是怎麼樣？我們公司的都市傳說？」

面對這麼開心的提問，Derek還是第一次不知道該怎麼反應，他先咬了幾口飯糰，發現沉重的氣氛真的一掃而空。

「好，這是HR那邊傳出來的，我聽說真的有監視器拍到……」Derek維持一貫說書的口吻與步調，「沒有人的辦公室裡，椅子會自動滑開，架子上的文件會掉落，然後連抽屜都會被打開！」

郭岳洋瞠著雙眼，跟Derek四目相交，遲疑了好幾秒，「……就這樣？」

「就這樣！不然還要怎樣！」莎拉簡直不敢相信，「郭岳洋，這表示辦公室有東西啊，我之前就在上班時聽過HR裡的騷動，我不知道原來是因爲這樣！」

「想像一下你一進辦公室，莫名掉落一地散落的文件，自己的抽屜被胡亂拉開，可能椅子跑到別人位子邊……這很可怕吧！」Derek打了個寒顫，「我覺得比較毛的是自己邊上班，想著辦公室裡可能還有其他的……就……」

唉，根本全身發毛啊！

「在HR那邊嗎？所以我們有監視器可以看了嗎？」郭岳洋展現出絕對的興致勃勃。

莎拉跟Derek都已經感受到他的積極了，「郭岳洋，你不怕喔？」

「怕是不能解決事情的，要追根究柢才對！總是要找出原因，省得每個人都提心吊膽啊。」郭岳洋瞇起眼，露出漂亮的酒窩笑著，「如果是都市傳說，暫時不會傷人那還好，萬一有其他的因素就得小心了……噢對了，目前爲止還沒有在上班時出現異狀吧？」

Derek搖搖頭，「都是下班後，時間幾乎都是十一點過後。」

「好！十一點嗎？」郭岳洋一口氣喝完剩下的豆漿，「我先下去找人要監視畫面！」

「郭岳洋！」Derek趕緊回身叫住他，「你不要鬧吧！萬一監視器裡看見什麼的話怎麼辦？」

「就是要看見什麼啊！」郭岳洋超激動的揮著手，飛快的衝下樓。

樓上兩個同事面面相覷……是說，郭岳洋平時就是公司裡的文靜美男子，做人溫和平順，做事井井有條，對事都會參與但倒不特別積極，第一次發現原來他對「那種」事情怎麼有興趣啊？

「眞可怕！」莎拉搓著雙臂，「我今晚一定不要加班！」

「不要太晚就好了！現在不加班很難吧！」Derek有些無可奈何，「尤其如果妳跟上面……用這個理由不想加班，會被電得很慘吧！」

「唉……」莎拉抿嘴，「如果郭岳洋能找到什麼的話，說不定對大家都好呢！」

是啊，如果能找到什麼的話。

郭岳洋在樓梯間飛奔，不坐電梯一路從二十五樓奔到十九樓，眞的是三步併作兩步的跳躍著，有一種好久不見的雀躍感在心中湧起——都市傳說！都市傳說耶，沒想到辦公室裡也有都市傳說！

直接殺進資訊部，裡面的人正在吃便當聊天，被突然進來的他給嚇著。

「請問？」

「請問有ＨＲ的夜間監視器影片嗎？」郭岳洋開門見山，「我想看靈異現象的部分！」

餘音未落，資訊部的人臉色紛紛刷白，放下便當的交換眼神：紙果然包不住火！怎麼會這麼快就傳出去了？老大交代絕對不得外洩啊！

「什麼靈異現象？有誤會吧！」一個很明顯是主管的男人客氣的說，「該不會是聽到傳聞吧？」

「可以讓我看看嗎？」郭岳洋一雙眼熠熠有光，禮貌的問著。

「看什麼！沒有的事不要聽外面亂傳！」男人隨手揮著，「這是有人在造謠，搞得人心惶惶的也很奇怪。」

郭岳洋只是維持微笑，依然站在資訊部裡動也不動。

幾個人手上的筷子放不掉，想拿便當也不是，尷尬的轉向他……這傢伙怎麼還沒走啊。

「沒有影片讓你看啊！」資訊部主管非常為難，「我不知道你從哪裡聽來

的，但眞的沒什麼大事！」

郭岳洋笑容劃得更滿了，漂亮的眨眨彎成兩道彎月的雙眼。

「沒事就請出去吧！」主管直接客氣的請他離開。

「我想看連續一星期ＨＲ十一點後的監視影像。」郭岳洋明確的說出他的意願，他可沒有「沒事」喔！

「喂！」最靠近他的男人不耐的拍桌，「你有完沒完啊！就跟你說是傳聞了——」

「是傳聞你們就不會這麼緊張吧！所有人便當都放下來了，到現在還都塞不下一口。」郭岳洋從容的應對，「我以前就喜歡研究靈異傳說等等相關的事物，或許我可以看看。」

「就說……」資訊部主管嚥了口口水，「我跟你說，看過影片的那個現在請假在家……我們覺得……」

「請務必讓我看看！」郭岳洋呈上萬分誠懇，「我可以一個人看沒有問題！」

資訊部莫不倒抽一口氣，幾個人低語討論後，還眞的找了間會議室，一台筆電，讓郭岳洋隻身待在裡頭。

「我們都在外面，有問題你就按這個鈴。」資訊部主管塞給郭岳洋一個姆指大小的警報器，「用力壓就可以了。」

「好。」郭岳洋完全沒有一絲緊張神態，同時接過了警報器與紙卡，「所以這個是……網址跟密碼？」

眼前三個男人嚴肅的點點頭，瞧那眉間的皺紋，郭岳洋一派輕鬆——快點讓他進去吧！

會議室大門關上、椅子拉開、點開網址、輸入密碼——黑白的監視器畫面裡是靜寂無人的辦公室，拍攝的角度由左上往下，可以看見兩張辦公桌，後面的檔案架，然後……

刹——滑輪椅子率先移動，從位子裡往外拖出，像是有人拉動似的；椅子朝著角落滑去，在螢幕左下角處停住，應該是撞到了櫃子或桌子。

接著是檔案櫃裡的檔案夾自上方角落往外抽出、掉落，緊接著啪噠啪噠，跟著在不同地方都掉落了三、四個卷宗夾，裡面的紙張散落一地。

郭岳洋瞇起眼仔細觀察，就是不想錯過任何一個光影、任何能一閃而過的線索，滑動的椅子，落下的檔案，然後——啪！某張桌上的筆筒應聲倒下，筆筒裡的筆散落在桌上，有的則順著桌緣滾落地，又是一地的混亂。

筆還在桌上地上滾著，又有其他桌上小物往旁飛去，彈到螢幕死角照不到的

地方又反彈回來。

就這樣不過五分鐘，辦公室裡亂七八糟，沒歸位的椅子，滿地的文件、文具與筆，還有散亂的卷宗夾。

郭岳洋重複再看了一次，然後選擇其他天的監視器畫面，挪過準備好的筆記本開始詳細記載，從十一點開始東西移動的順序、亂象於幾點幾分結束……甚至還畫出了辦公室的位子配置圖。

切換到另一台監視器，HR有兩個監視器互相對照，這樣他可以更明確的看到剛剛那些在死角消失的東西，是怎麼產生碰撞的。

霧玻璃門下的腳印紛雜，他知道外面很多人窸窸窣窣的交談，均擔心他的安危，但他現在沒空理睬他們，因爲他不能錯過任何一個細節，等等還要查——

咦？

郭岳洋發現到了什麼，重新倒帶，接著快速的查閱數天的監視器，全部都用快轉模式……啊啊，他知道了！

闔上雙眼，做了一個深呼吸，他總是需要平復一下激動的情緒。

當他拉開會議室大門時，外面曾幾何時已經聚集了二十幾個人，所有人還被他嚇到驚恐的叫出聲。

「哇啊——」

貼在門上聽動靜的資訊部主管叫聲還分岔，尷尬的抹抹冷汗。

「郭、郭岳洋！」Derek憂心的喊著。

「去HR。」郭岳洋即刻請大家借過，跟摩西過紅海似的從大家讓開的路直抵HR，路上經過的部門或是其他聽到風聲的同事，紛紛跟上他的步伐。

「做什麼啊？」HR裡的人驚愕的看著步入的郭岳洋，還有後頭一大群人，開什麼玩笑，居然有人在研究公司的都市傳說耶！

「喂喂，你們要幹嘛？」

資深的HR副理不可思議的看著擠進來的人們，部門也沒多大，哪能塞得下這麼多人！後來資訊部主管索性請大家全退出去，留郭岳洋一個人就好。

HR的員工幾乎都在，扣掉「狀況」最多的那個位子，也就是背對檔案櫃的空桌。

「這位……」郭岳洋來到那張空桌邊，「坐在這位子的人呢？」

「他在會計那邊借位子辦公。」副理擰眉，「你是營建部的對吧？聽說了……你研究了那、個！」

「是，不介意的話我想要看一下現場。」郭岳洋禮貌的說著，但倒不是為了

得到同意，因為他已經直接檢查檔案櫃了，手上還拿著自己的筆記本。

「喂，我們還蠻介意的，這些是人事資料不要亂碰！」副理上前想阻止郭岳洋亂抽卷宗，「放好放好！」

旁邊兩個女性蹙著眉，一臉慌張的趁亂就往外躲，「副理，妳讓他看一下啦！這樣我們真的沒辦法安心上班。」

「就是！」其他同事跟著應和，紛紛起身退到門邊。

副理嘆口氣，只能擰起眉心，雙手抱胸的盯著郭岳洋，就怕他弄亂什麼。

「我是很不相信那種東西，但每天早上都是一團亂！」她口吻裡盡是無奈，「大家上班也都戰戰兢兢，再這樣下去就要換辦公區了。」

「應該是沒這麼嚴重啦，如果這是真的都市傳說，那是最輕的了！」郭岳洋口吻聽起來很專業，「至少沒有人出事啊！」

哇咧，這是哪門子邏輯？難道還要等人出事才算數嗎？外頭的人面面相覷，郭岳洋說的那是什麼話啊！

「出事還得了？那個位子的小張心臟病都快發了！」HR的女員工哽咽出聲，「要是我每天早上看到自己位子變那樣，我早瘋了！」

「哦，所以妳沒看過嗎？」

正趴在辦公室底下的郭岳洋驀地抬頭，攀著桌緣站起，望向聲音的方向。甫跑出去的女孩錯愕眨眼，略點了點頭。

「我看過啊，至少看過照片啊！而且我位子也有被移動啊！」女孩緊張的喊著，「小張的位子最慘，不代表我們其他人的沒事！」

「對啊，不說別的，光檔案就夠累的呢！很多檔案小張只能放著等我們歸檔！」另一個男生也應和，「每天都要整理不一樣的東西……」

「所以第一個到公司的是誰？」郭岳洋回頭問著副理。

「第……第一，一直都是小張啊！」副理困惑的看著郭岳洋，「從兩週前開始，他一進來就看見異狀所以才告訴大家，我們拜也拜過了，但沒有一天消停！」

「另一組監視器是我們後來加裝的，想確定一下到底是不是老鼠或是什麼，結果……」資訊部主管深吸了一口氣，「你看到的。」

「是，我看到了！」郭岳洋依然不見懼色，「我方便跟那位小張聊聊嗎？」

外面所有人不約而同的回頭，發生這麼大的事情，小張能不過來看嗎！每天跟刮颱風一樣慘的是他的位子啊！

小張就在最後面，憔悴的神色慘白著一張臉，八字眉裡載滿憂愁，眼眶裡還

濕潤打轉著淚水。

「我……我是……」聲如蚊蚋，虛弱得很，過瘦的身子，彎腰駝背，使他看上去有些怯懦。

「私底下……」郭岳洋歪了頭想想，「不如我們去頂樓吧！」

「咦？」小張嚇得打了個哆嗦。

「放心，就算這是都市傳說，也不會傷害到任何人的！我對都市傳說稍有研究。」郭岳洋往外頭邁開步伐，「我跟小張確認一下細節後，說不定就能找到破解之道！」

副理一怔，「破解？」

郭岳洋堆滿微笑，爽朗的笑著叫大家放心，推著小張就離開辦公室，還請大家不要跟上來，有些事情要遠離公司、遠離現場才能說的。

資訊部的主管突然蹙眉，他腦子裡閃過了片段的印象。

「喂，你們記不記得……之前A大有個什麼都市傳說社的啊……」

熱騰騰的咖啡遞到小張面前，他接過的手抖得太厲害，郭岳洋都怕他會把咖啡濺出來，燙到自己的手！

小張雙手手肘都貼在牆頭上，把咖啡小心的擺在上頭，郭岳洋就挨在他左邊，肩並著肩一起看著樓下遼闊景色。

「你別緊張，我不是什麼都沒說嗎。」郭岳洋完全沒看他，眞的只望向遠方，「但我想知道爲什麼……不喜歡那個位子嗎？還是……」

小張低垂著頭，眉頭緊皺之後竟嗚嗚的哭了起來。

郭岳洋往左方望去，剛剛爲了以防萬一，他把頂樓大門關上，就怕有人偷聽。

右邊的男人低聲哭泣，連哭都要如此壓抑，其實看他的模樣就知道，是過得很辛苦的人。

「他們都瞧不起我……說話不客氣又故意整我！」小張聲音嗚咽，「我只是想……想嚇嚇他們而已！」

職場霸凌嗎？郭岳洋不會說那些老套詞句，什麼你應該如何如何，舉發啦、跟上頭報告、或是上網路公審，說這些都是風涼話，旁觀者最會叫別人去做一些不管成功與否都礙不著他的事。

說實在話，鬧大了工作就保不住，保得住也會過得很痛苦，精神折磨這種事

可以發生在細微；每個人在職場上是爲了爭飯吃，不是爭一口氣，如果爭口氣能溫飽，那大概就是要嗆大家來的概念了。

看小張這模樣，只怕不只是ＨＲ欺凌他這麼簡單。

「我看你部門的人可能對你也多有輕侮吧，其他部門的呢？你太瘦人也比較內向……這是主因吧？」郭岳洋說得含蓄，但隔壁的男人點頭如搗蒜，「所以想要嚇嚇他們？」

小張緊抿著唇，靜默了至少五分鐘。

「很蠢對不對？」他痛苦的閉上眼，他自己也知道，但是看那些人被嚇到魂不附體就覺得痛快！

「怎麼會！很聰明啊！」郭岳洋右手往牆頭一放，小小的東西從掌心裡滑出來。「利用磁鐵做這種機關，你當ＨＲ未免太可惜了吧？」

小張看著擱在牆頭的迷你強力磁鐵，錯愕的抬頭看郭岳洋。

「你……」

「自己設計的？」郭岳洋終於對上他的視線，露出欽佩的微笑。

「……是。」怎麼回事？小張有點不知所措，剛剛聽見有人在找都市傳說時，他超緊張的！

當看見郭岳洋趴在地上、檢查卷宗夾時，他幾乎就知道被發現了啊——滿腦子只想著未來在公司怎麼立足？被大家嘲笑辱罵的生活瞬間提前出現，他光用想的就在發抖了！

「卷宗夾每天掉落的位子跟件數都不同……你用更換磁條的方式嗎？」郭岳洋認真的向他探討。

「不……不是，我有一個更小的磁力裝置，僞裝成迴紋針夾在文件裡……」小張試著解釋，「當我輸入不同電波時，會產生不同的吸力……」

「哇……」郭岳洋雙眼亮著，「喂，你幹嘛當HR啊！這麼有才可以找別的工作吧？」

「我……我只是喜歡研究而已。」小張尷尬的別開眼神，「沒什麼才能，就算在HR我也是像打雜的，所以副理才會動不動就損我，那些女生也都對我嗤之以鼻……」

「嘴長在別人身上，我們管不著的！你只要在乎自己就好！」郭岳洋突然推推他的肩頭，「嘿，小張！用這種方法是贏不得別人眞心尊敬的！」

小張心虛的瞥了郭岳洋一眼，視線交會不過三秒，他立即又閃開了。

「嘿嘿，看著我啊，說話時要看人說話才禮貌啊！」郭岳洋俯下頸子，眼神

刻意對上他的閃躲，「你要有自信一點！我另有祕技可以教你喔，不過當務之急，我們得先來解決這個都市傳說！」

小張登時倒抽一口氣，「你你你、你要跟他們……說……」

「當然，我會跟他們說，你能應付這個都市傳說！」郭岳洋語出驚人，「所以你自願今晚留下！等待十一點過後。」

「什麼？」小張眼珠子都快掉下來了。

「讓監視器儘管開著，拍下你說話溝通，或是你要擺什麼陣都可以，然後——」

郭岳洋話不說白，相信小張聽得懂。

但小張越聽眼睛瞪得越大，郭岳洋知道他在說什麼嗎——讓他跟自己假造的現象溝通說話？這算什麼？通靈師嗎？

「這太扯了，這樣大家會把我當成靈媒或是……」小張又開始慌了，不停的抓頭。

「這是都市傳說，定位要明確！」郭岳洋嚴肅指正，「你可以用你擅長的科學道具去溝通，進而解釋這個怪異現象，或許是電磁波，或許是辦公室裡的搗蛋鬼，或許只是一個徘徊在這層樓的精靈……必須滿足他們某種條件，他們才會停止亂來。」

小張拼了命的搖頭，抱著頭開始走來走去，嘴裡唸著：「這太離譜了！根本不可能有人信我，事實上就不是這樣，這種亂七八糟的理由誰會聽，遲早會露出破綻，然後大家會一起嘲笑我的——」

「當裂嘴女割開一個小孩的喉嚨時，沒人覺得那是開玩笑；當我們從血腥瑪莉手上救出同學時，支持我們的人一樣很多。」郭岳洋突然嚴正的說著，「當我最要好的朋友遺留在如月車站的月台上時——質疑的人再多，我朋友也不會回來了。」

什麼!?小張不解的望向郭岳洋，他在說什麼……如月車站？「那不是都都都市傳說……」

「我曾經是都市傳說社的一份子，我們遇過眞實殘忍的都市傳說，不管多少人質疑，事實就是事實。」郭岳洋箝住小張的雙臂，「你自己相信就好，你要比誰都堅信那是事實，更別說大家原本以爲是鬧鬼耶！」

「都市傳說社？啊！幾年前那個A大的——」

「你想好說詞了嗎？」郭岳洋顧左右而言他，認眞的看著他。

「可……可是我……」小張喉頭緊窒，這時又說不出話了，「我怕穿幫！萬一……」

「不會穿幫的。」郭岳洋信心滿滿，「因爲在你溝通處理後——都市傳說的異象就會減緩了啊！」

咦？小張瞪圓雙眼，在某一秒融會貫通。

他一手製造的「都市傳說」，再由他進行溝通，不管他寫的劇本多麼離譜，不管多少人嗤之以鼻，多少人質疑他這瘦乾沒用的傢伙能做什麼，只要從明天起，異象減輕，那就是他的功勞了。

因爲這是只有他才能做到的事！

「收好。」郭岳洋眼神瞟向那小磁鐵，小張即刻慌亂的收進口袋裡，「準備好了嗎？」

他用力點頭，但沒兩秒又拉住郭岳洋，「爲什麼……要幫我？你明知道這是騙人的……」

「我什麼都不知道啊！」郭岳洋連嘴都張成圓形的了，「這可是辦公室的都市傳說耶！」

夕陽刺眼的從落地窗外照入，即使拉上了窗簾依然過亮，西向的位子實在很折騰人，同事們紛紛在此時走避，有人甚至乾脆坐到地上，拿椅子當桌子辦公，就等著日落西山。

郭岳洋的手指在鍵盤上疾速敲著，先把今日的進度上呈給主管，同事路過揚了揚一份釘起來的文件，又放在他未處理的匣子裡；眼尾瞄了眼，果然不可能準時下班了。

唉……按下咖啡機的鈕，咖啡香也沒辦法讓他覺得輕鬆。

「聽說了嗎?之前HR的小張自己成立公司了耶!」

「聽說了!他好厲害!之前HR的都市傳說是他解決的，他說了一堆科學原理根本沒聽懂!HR的小雨說他改善了辦公室裡很多設備，原來是個深藏不露的傢伙!」

「現在自己做創業設計了，早上有人收到邀請卡，跨年那晚要辦開幕酒會咧!」

郭岳洋聞言微微一笑，他的抽屜裡，也有一張VIP卡。

「欸!郭岳洋，我先走了喔!」同事跑到茶水間來，突然雙手合十，「剛剛那份報表拜託拜託!」

「我做完會放到你桌上的。」他頷首微笑。

「謝了！你最好了！」同事急匆匆的離開。

郭岳洋今天聽見他在走廊上講電話，好像是跟女友看七點的電影，捧著咖啡杯回到位子上，自從之前的「假都市傳說」事件後，日子又回到了一成不變的無聊——

放假時腦子只想放空，癱在沙發上發呆，看些靈異電影、故事或是影片，然後熱衷的看學弟妹放在社團ＦＢ的各種傳說或是生活趣事。

但再特別的都市傳說，沒有人一起分享，卻也是熱度減退許多的悲涼。

小靜跟毛毛都各自有生活與工作要打拼，他們現在三個月能見一次面就算多了，平時只能在通訊軟體上聊聊現況；更別說小靜跟毛穎德對於都市傳說處於一種又愛又恨、但沒事不想接觸的狀況，他根本也無從分享起。

七點多，郭岳洋關上辦公室的門，站在門口的他默默關上所有電燈，又是他最後一個離開公司，而他總是期待著有什麼能在他關燈的瞬間出現，但始終得到失望。

「下班啦！」夜班警衛跟他也熟了，慣例的打著招呼。

「晚安。」他禮貌的頷首。

冬季的夜晚今天卻異常悶熱，現在七點多，馬路上的路樹燈火通明，他才想起來，今天是平安夜呢。

某一年的平安夜，他們四個九死一生，好不容易才從「聖誕老人」的手下生還，那是個永生難忘的平安夜。

只是……物是人非，他仰望著天空，從來不知道原來再喜愛的東西，沒有志同道合的人，連談論起來都覺得乏味，他的人生……好久好久以前就開始枯萎，毫無樂趣可言。

失去夏天，他的靈魂就這樣缺了一角，而且不會再恢復。

拖著疲憊的步伐進入車廂，下班他會選擇大眾運輸工具，心中懷抱著小小的希望，期待某個奇蹟的相遇。今日的車廂一點都不特別，這就是平日的列車，一進站就能察覺，他是否來到如月車站的範疇；空洞的眼神看著門上的跑馬燈，下一站是陽穗高中，那是遇上裂嘴女的地方。

列車停下，走進幾個穿著陽穗高中制服的學生。

嗶嗶——列車門即將關閉，郭岳洋忽然站了起來，在門關上的最後一秒衝出去！

「先生！」一旁剛好站著也受到驚嚇的保全人員，「還好嗎？下次請留意喔，這樣太危險了！」

「對不起，我睡過頭！」郭岳洋彬彬有禮的道歉，「抱歉抱歉。」

列車離站，他則轉身往上走，他記得是哪個出口……出口附近有一間潤餅很好吃，他可以先買一捲充飢。

陽穗高中附近的街景沒有太大變化，那間咖啡廳仍在街旁，郭岳洋匆匆過了馬路，來到那僻靜小徑。

這條路上，有一間幼稚園，幼稚園裡現在傳來稚嫩歌聲，有許多小朋友正在校園裡唱歌，等等應該會由老師帶出來到街上玩樂報佳音。在這裡就能聽得清楚，孩子們唱著平安夜。

郭岳洋咬著潤餅靠著牆，注視著左前方，那邊其實什麼都沒有，就只是一條普通的小巷……但是，這裡曾出現過一個長髮、戴口罩的女人，她會攔住路人、甚至是孩子，然後問他們：「我漂亮嗎？」

他記得那時有個小孩子被割開喉嚨，就因爲她嚇哭了！看著那兩邊嘴角都裂到耳下的裂嘴女，孩子怎樣會回答漂亮？所以裂嘴女割開了她的喉嚨，用那極鈍的安全剪刀，使勁殺了她。

他們在這裡花了好多時間，最後發現裂嘴女竟跟一個渴望上學的女孩有關。

他還記得那天他跟夏天在巷口，小靜突然出現，英姿颯颯的衝進巷子裡，最後踹飛了那個裂嘴女，把她想要的制服送給她！

記憶猶新，彷彿昨日。

幼稚園的門開了，孩子們在老師的帶領下魚貫走出，郭岳洋趕緊旋身先往巷口走去，聽小靜說她曾在公園裡遇過一個模仿裂嘴女的人，那天她比賽慘敗正怒火中燒，所以海扁對方一頓，爾後這幾年來，附近再也沒有出現過裂嘴女的傳說。

一起剖析都市傳說、一起解決事情的感覺眞好，只可惜沸騰的血只存在於回憶裡了。

潤餅全塞進嘴裡，郭岳洋再次回到輕軌站，他思考了一會兒後，決定轉乘到地鐵線。

今天是平安夜，到處都是人山人海，以往大家都是一起度過；他總是跟夏天一起，放煙火、胡鬧瞎搞，反正有夏天在，根本都不會無聊。

唉，現在的他，好無聊喔。

手機傳來訊息聲，是小靜跟毛毛傳來的。

『我跟你說，等等我要傳一份大禮給你喔！當作聖誕禮物吧！』小靜一臉賣關子的樣子，她重新蓄回那頭烏黑長髮，又成熟了些，還是他的偶像。

上次的比賽小靜又奪冠，夏天沒看到她那英姿真是太可惜了。

小靜傳送影片過來，郭岳洋暫時沒時間看，他先趕上這班車，再兩站後得換車，才能接到地鐵線。

人群極度擁擠，郭岳洋不停的喊借過，默默的站在月台上等待這波人潮散去，好不容易奪得座位，趕緊坐下，這才有空把手機拿起，看看小靜傳了什麼大禮。

要不是平安夜他們兩個要約會，他也不想當電燈泡，不然吃個飯總比傳什麼影片要強……這什麼？

郭岳洋不可思議的瞪大雙眼，看著手機裡的畫面——一輛著火的車子上頭竟有飄浮在半空中的船！那船清楚得嚇人，羊首在前，船身的骨幹全是骨頭，船側有數個像砲口的洞，看上去卻像極了吞噬生命的血盆大口。

幽靈船！

小靜她爲什麼有這個畫面？他現在的樂趣就是閱讀「都市傳說社」的日誌資料，他們從未放過相關的照片影片啊！這模樣，跟文字敘述的一模一樣啊！

童子軍有影片居然沒傳給他！康晉翊也沒主動交上來，這是什麼學弟啊！

郭岳洋即刻撥通視訊電話！

「爲什麼有這個？康晉翊給你們的嗎？」郭岳洋忍不住立刻問了，先把影片存下來！

『嘿嘿，親眼所見，我們兩個那時在現場——學弟妹們不知道！』毛穎德一臉得意。

現場……在現場？

「爲什麼沒叫上我一起？」

『哇哈哈，你出國啊！郭岳洋，你忘記幽靈船事件時，你、人、在、國、外嗎？』馮千靜湊了過來。

「可惡啊！」他忍不住低吼，「居然親眼看見幽靈船還拍下來！出國是爲了散心放鬆，但他寧可在那邊一起看著幽靈船的現身啊！親眼耶！可惡可惡！

「這禮物太爛！太過分了！」

『過兩天再跟你約出來，詳細說給你聽喔！』馮千靜繼續補刀。

「才不要！」賭氣說了三個字，立即反悔，「好啦，時間提早跟我說喔！聖誕快樂！」

『Merry X'mas！』螢幕那端的情侶也誠心祝福。

掛掉電話，郭岳洋反覆重看影片數次，甚至按下暫停好仔細端詳著那艘船，怎樣這麼美啊……

「你看看這船身，旁邊那些空洞像是嘴，一張一闔的有沒有？一定是在吞噬那些人命！」郭岳洋自言自語起來，「幽靈船出航，一定要一百條人命啊，對不對？」

他說著，幽幽的往右邊看去。

右邊那個陌生男孩用驚愕的眼神看著他，嚥了口口水，然後帶著慌張連忙站起，眼神透露著「有病」的訊息。

如果是夏天……他一定會興奮到大喊著：不知道船上是什麼樣子？是怎樣拉那些人上去的呢？

如果如果，如果夏天還在的話。

郭岳洋苦笑著收起手機調成靜音，然後默默的坐在椅子上，望著眼前停下的列車，它們停個幾秒後，會再離開，接著下一陣風來臨時，便是下一班列車。

一列接著一列，郭岳洋目不轉睛。

因爲「都市傳說社」在幽靈船事件裡曾經寫到：社員在地鐵站看見如月列車經過，列車長在玻璃上貼滿了訊息，警告他們幽靈船恐怕不只收一百人。

某社員還因爲想看清楚字條全部在月台上奔跑，最後跟保全大打出手，一票人全進了警局。

在地鐵站，就有機會看見如月列車嗎？

社團寫明如月列車沒有停下，就是因爲沒有停，社員才會追車，但至少還看得見啊！

在這個月台上，不管列車行駛速度有多快，他總能有幾秒的時間，看見車廂裡的夏天吧？

究竟，能不能給他五秒呢？

車子一列接一列，郭岳洋的眼睛開始有些酸澀，看著人潮未曾稍減，而他也沒有看見如月列車。

可遇不可求嗎？低頭看著時間，八點，打了幾個呵欠，他也的確是累了。

看著下班列車進站，他跟著上車，研究路線圖看是要從哪邊轉回自己家比較快……卻發現，從這兒再兩站就可以轉到跟A大同路線的輕軌。

學校啊……好久沒回去了，這麼晚回去應該也沒什麼學生，僻靜得很。

學校石板大道上的廁所裡竟還有花子呢，去朝聖一下好了！

反正他只有一個人啊，這麼無趣的平安夜，得自己找些樂子……就假裝跟夏

天在一起吧，他一定會說：走啊！好歹要去那間廁所前喊喊看吧！花子，妳在嗎？

是啊，郭岳洋逕自失聲笑了起來，那就走！去看看花子吧！

喀啦……喀喀……

夜風徐徐，吹得廁所門喀喀作響，郭岳洋站在廁所門口，靜靜的看著這「麻雀雖小，都傳俱全」的女廁。

幸好晚上這兒沒什麼人了，但他也不能久留，否則會被人誤以爲是偷窺的變態吧！

「花……」才要開口，兩個女生竊竊私語的經過，用詭異的眼神盯著他。

可惡！她們一定以爲他是變態了，啊，手機都拿出來了！

郭岳洋尷尬的趕緊離開女廁前，只是才轉身，廁所門竟砰磅的撞擊。

「咦？」他錯愕回首，忍不住再往裡探了點，風有這麼大嗎？

也就兩間廁間，剛剛那聲響活像有人甩門似的。

但事不宜遲，他可不想被視爲偷窺變態，這種事是說不清的！焦急的二度轉身——磅！再一聲巨響，郭岳洋這次不假思索的一秒回到女廁門口，這絕對不是巧合！

就他豐富的經驗值推算，這間廁所有話要說……呃，問題是要怎麼溝通？他糾結著卡在門邊。

「您有什麼事對吧？」他溫和有禮的對著廁所說話，「這樣好了，我問您答，是就敲一下門，不是就兩下門，好嗎？」

門又不怎麼動了，他才想到接著說：「好就敲一聲，不好兩聲。」

「那個……」

「其實你只要說花子妳在嗎就可以了。」

驀地後面一個女孩的聲音傳來，郭岳洋嚇得回身，呆然的看著全身散發食物香氣的人。

「咦？」他幾乎在瞬間認出來，「妳是那個、那個狀況外！」

汪聿芃瞬間皺眉，「這我聽得懂喔，學長！」

「眞的是妳耶！妳……長大了……一點點！」郭岳洋喜出望外的打量著她，「變得像大學生了！」

「因爲我就是大學生啊！」她沒好氣的嘟囔著，「在說什麼啊！」

郭岳洋只顧著笑，想起初見汪聿芃時是她高二吧！那時去S高中的校慶，她還是驚奇屋的統籌，裡面設計的元素揉合了鬼屋與都市傳說，尤其有一間特意打造的詭異浴室，結果卻有人玩血腥瑪麗，因此召喚出眞正的血腥瑪麗。

當時他就對她記憶深刻，因爲她總是提出與現實風馬牛不相及的問題，觀察力卻敏銳得驚人，也是她最早發現異狀的。

在自己獨樹一格的宇宙與世界中思考與生活，周遭的人要跟上她的思路可能要費點心力，但卻是個很可愛的女生。

「汪聿芃！紅茶賣完了，我給妳買綠茶喔……喔喔喔！」童胤恒在石板大道上愣住，但光線太暗認不清郭岳洋，「遇到同學喔？」

那也不要在女廁前聊天吧！

「嗨，好久不見了，童子軍！」郭岳洋一眼就認出他，熱情的打招呼。

待童胤恒走近一瞧，看清楚這個上班族模樣的人是誰後，整個驚爲天人！

「哈囉！」郭岳洋略蹙眉打量這兩個人，「我看到你們的名字在都市傳說社裡時還有點狐疑，想說會是高中那兩個嗎？我記得你們不是同一所高中啊！」

「郭郭——郭岳洋學長！」

「不是啊，但我們都考上A大了。」童胤恒有些激動，「學長怎麼會跑來這裡？剛下班嗎？」

「嗯……今天突然想走走看看。」他的微笑中帶著點苦澀，「我在地鐵站沒遇到夏天，去陽穗高中也沒看見裂嘴女，想到學校這大道上有花子，就過來瞧瞧。」

呃，童胤恒忍不住看著郭岳洋，這是學長的都市傳說巡禮嗎？還是「探親」啊？

「我們也是來看花子的耶！」汪聿芃倒是興奮，「而且花子一定也想跟你說話，才會叫你不要走！」

郭岳洋非常錯愕的望著她，「那個……叫我不要走喔？」

「她哪有那樣講？」童胤恒嘖了幾聲，對著汪聿芃。

「不是嗎？門敲得那麼大力。」汪聿芃嘟起嘴，「你沒聽見嗎？她有沒有叫學長不要走？」

「我沒、聽、見！請不要以爲我隨便就可以一直聽見都市傳說的聲音好嗎！」

童胤恒沒好氣的翻了白眼。

喔喔喔喔，聽見都市傳說的聲音！郭岳洋雙眼一亮，這個在社團臉書上沒有說明啊！

「等等，你們在找花子是？」

童胤恒直接手指指向汪聿芃，叫她解釋。

「就來看看她，我們一個月會來個一兩次，但是要瞞著社長來，不然唸到你厭世！」汪聿芃還在那邊抱怨，「陪她聊聊天，時間到了就走了。」

郭岳洋有點懷疑自己聽錯似的，嚴肅的看向汪聿芃雙眼，「叫花子出來聊天？」

「嗯啊，她不一定每次都會出現，她也很忙的。」汪聿芃堆滿微笑，「不過她今天在！我保證！」

是噢？看著汪聿芃略上前一步，郭岳洋趕緊伸手阻止她，「請務必讓我來！」

「噢噢！我懂我懂！」汪聿芃不知道在激動什麼，童胤恒拉了她向後，最好妳懂。

她跑來這邊找花子，也是被他偶然撞見，首先是不可思議、然後是發怒，但是因爲那天花子在場，不宜嚇到「小朋友」，所以他按捺住脾氣——結果這居然變成例行公事了。

的確沒讓康晉翊知道，否則耳根子難以清靜。

郭岳洋有些緊張，眞沒想到身經百戰還會這麼緊張，他先一個深呼吸，然後還清了清喉嚨，整個超正式的。

「咳咳。」他專注的望著兩扇飄動的門，「花子，妳在嗎？」

『我在。』

連多兩秒的心理準備都沒有，裡面那間廁間門陡然一開，小小的花子就這樣走出來了！

天哪！郭岳洋第一時間伸直右臂，推著汪聿芃一塊兒往後退，這都市傳說的速度眞是太驚人了。

不過……郭岳洋驚訝的看著走出廁間的小女生，對於現在「都市傳說社」裡的文章他都讀得反覆透徹，他們在學校遇到花子時他相當震驚，他在學校四年居然沒遇過！

「學長，她是花子。」汪聿芃還在幫忙介紹，「花子，這個是我們都市傳說社的畢業學長喔！」

花子有點害羞，怯生生的看了郭岳洋一眼。

「不是……」郭岳洋有點接不上現實，忍不住回頭看向汪聿芃，「所以你們會來找廁所裡的花子聊天？」

「她。」童胤恒指得飛快。

「偶爾啦，她很可憐耶，孤單寂寞覺得冷，我有空會過來看她。」汪聿芃說得理所當然，「而且她很方便啊，只要在廁所裡喊一下就好了。」

是噢，還眞方便……不對，都市傳說是可以這樣招之則來揮之則去的嗎？

郭岳洋連忙拉著汪聿芃往後退，連帶著童胤恒一起退離女廁門口，汪聿芃還高喊：「妳等一下喔！」通知花子一聲。

「這不危險嗎？」郭岳洋把汪聿芃拉到石板大道上立刻就問，「那可是都市傳說！」

就見汪聿芃眨了眨眼，這問題帶給她極大的困惑，她蹙起眉心，還看向童胤恒狀似求救的模樣。

「這個花子不會。」童胤恒無奈的解答，「至少目前爲止都是溫和的表徵，學長有看我們社團臉書的話，這個是……某某老師手下的受害者……」

「我知道，我有看……很可惡的混帳。」郭岳洋沒錯過關鍵字句，「但等等，什麼叫做這、個花子不會，所以不只一個？」

汪聿芃終於聽懂的擊向掌心，「學長問這個會不會危險喔？應該不只一個花子喔！雖然我跟童子軍根本搞不清楚誰是誰，但我們之前在廁所時，還有聽見別的女孩的聲音。」

「嗯哼……」花子不只一個啊，郭岳洋好生激動，這可眞是大發現！

「後來有件事我們沒寫上網站，因爲怕被人指責爲消費死者。」童胤恒潛意識的壓低聲音，「事情始末學長都知道，那個老師的妻子暴斃了。」

郭岳洋雙眼一亮，「暴斃的定義？」

「家裡的廁所，也是廁所……」童胤恒慢條斯里的說，「社長他們不認爲那個花子會放過師母——但是這都只是推測，不能保證的！」

「是啊，都只能是推測，誰能知道都市傳說想做什麼！」郭岳洋露出難得的笑容，「沒有理由、毫無邏輯，這才是都市傳說嘛！」

他有種心靈開闊的感覺，自從成爲社會人士後，好久沒這種喜悅與奮感了……是啊，都市傳說！

「學長，我們回去陪陪花子吧，不然她會很可憐的！」汪聿芃擔心花子，「我先進去囉！」

瞧著她焦急的背影，她不是做作，是眞的很怕小花子會難過。

郭岳洋突然轉頭看了童胤恒，還上下打量。

「呃……學長？」童胤恒被看得有點毛。

「你們是講好一起考A大的嗎？」

「怎麼可能！」童胤恒眞想翻白眼，「學長，還是我先進都市傳說社的，她後來才進來的！」

「哦……」郭岳洋哦得很機車，「是這樣啊！」

「而且她之前對都市傳說完全沒興趣啊，你記得她對血腥瑪麗的反應嗎？」童胤恒提醒著，那時的汪聿芃根本沒當她是個都市傳說啊！

郭岳洋頻頻點頭，「奇葩型，很難忘記！」

「那是因爲她遇到夏天學長，要不然她根本不在意什麼都市傳說！」童胤恒說的是實話，加入「都市傳說社」，的確是夏天學長「強力推薦」。

什麼!?

郭岳洋詫異的看向童胤恒，「見過夏天的是她？」

在都市傳說社團臉書裡的確有寫到這一點，有人證實夏天在如月列車上，但其他細節並沒有贅述，更沒有說見到夏天的是誰！

童胤恒被郭岳洋的態度嚇著了，有點緊張的點點頭……是啊，這件事只有「都市傳說社」內部的人知道！

郭岳洋二話不說立刻朝裡走去，汪聿芃正從手機放歌給花子聽。

「汪聿芃！妳眞的見到夏天了？」郭岳洋焦急的扳過她肩頭。

咦？汪聿芃有點措手不及，愣愣的回頭看向郭岳洋，怎麼突然這麼激動啊!?

「嗯啊。」她一臉理所當然的樣子，「還兩次耶！」

她比出一個二，郭岳洋覺得心頭一緊，眞是令人心痛的炫耀啊！

「幽靈船的事我記得，康晉翊說妳在月台上看見如月列車經過，還看見夏天在車廂內貼大字報給妳看……那第一次呢？」

這是從未寫過的眞實，汪聿芃倒是泛起了微笑。

「夏天學長，就坐在我身邊喔！」

夏天，是活生生的夏天嗎？郭岳洋突然覺得心頭一緊，有些難以呼吸。

「他好嗎？是……很正常的模樣……」

「正常？什叫正常？」汪聿芃歪著頭，聽不太懂，「就是列車長的衣服，看起來很帥，他叫我快點下車，還指著都市傳說社的傳單說加入那個社團好呢！」

「列車長啊……」郭岳洋有幾分佩服，「他是怎麼當上列車長的？」

汪聿芃哪懂這些，她也沒有很想懂，「反正我離開車子後才想到他就是傳說中的失蹤人口，以前那個都市傳說社的社長！想一想，我那天也差點到如月車站去了呢！」

郭岳洋皺起眉，一臉哀傷，「唉，我也好想再去……」

「呃，學長，不太好吧？」童胤恒尷尬的說，「我想夏天學長，應該是回不來了吧！」

郭岳洋揚起苦笑，點了點頭，「所謂適得其所，我始終相信狂愛都市傳說的夏天最適合那裡，但……靠！我沒想到他居然可以變成列車長！那之前那個呢？」

當初大家都在車廂裡面無表情的列車長，不是還拖了羽澄出車廂外，讓飢餓人分食嗎？

他不知道在都市傳說中，車上的職位也能調動嗎？車上的時間不會流逝，所以上車後卻不下車的人們，可以一輩子待在那台列車，度過無止境的生命；如果下車，在月台上徘徊遲早也會餓死……不，是餓到皮包骨，但不會死。

或是穿過隧道，前往比奈鎮，成爲那邊的居民，與原本的世界徹底切割。

所以，夏天沒有在月台、也沒回去比奈鎮……嗯，回去比奈鎮是下下策，畢竟他一把火把人家穀倉燒掉了，回去應該會被大卸八塊吧！

留在車上是最明智的，可是一台車會有兩個列車長嗎？

「說不定有升遷制度。」汪聿芃說得很認眞，「他們都還互相認識了呢！」

廁所裡的小花子眨了眨眼，輕輕的點點頭。

這一幕郭岳洋沒瞧見，童胤恒倒是看見了，他有幾分狐疑，花子就只是站在那兒，指指手機要汪聿芃放影片。

「互相……認識……」

郭岳洋覺得自己聽到很奇怪的事情。

「應該吧。幽靈船上面那個，指著汪聿芃說她是火車好朋友咧！」童胤恒邊說一邊把飲料塞給汪聿芃，「而且船長還不是很喜歡列車長，感覺有私怨！」

郭岳洋愣住了。

他圓著雙眼看著在女廁門口吃晚餐的汪聿芃……好，這情況是有點詭異，但是汪聿芃跟童子軍就真的在廁所前吃晚餐，廁所裡的花子則很開心的拍著小手，跟著歌曲舞動，而且她根本在看海綿寶寶。

「幽靈船認得夏天嗎？」郭岳洋喃喃自語，他好震驚，從未想過那些不知何時會冒出的都市傳說，竟然會相互知情？

這樣說來，難不成花子也認識裂嘴女不成？

「很震驚嗎？」童胤恒輕聲的說著，「學長，這是正常的，我們都嚇過了。」

郭岳洋擰起眉看向童胤恒，從沒想過那兩個高中生有朝一日也會加入都市傳說社，而且——與都市傳說有了連結。

「聽得到的是你嗎？」

童胤恒悄悄抽了口氣，點點頭，「但不是一天到晚都聽得見，偶爾……所以不必問我現在有沒有聽到什麼路過的都市傳說。」

他也算瞭解郭岳洋，反正就是夏天學長的行爲模式打個八折而已，都一樣狂熱一樣怪。

「我也好想聽見耶！」汪聿芃抽空跑過來說，嘴裡還塞著割包。

童胤恒白眼已經翻到不想翻了。

「有連結不太好。」郭岳洋完全不婉轉，「夏天也就是太喜歡都市傳說，也跟都市傳說建立連結……」

汪聿芃倏地驚愕的轉著眼珠子，看向了童胤恒，「所以……童子軍也會去當列車長嗎？」

「並不會！」這可是郭岳洋跟童胤恒異口同聲喊的，這是哪門子的邏輯啊！

無緣無故誰會去如月車站啦！

「妳快吃妳的！」童胤恒粗魯的推著她的肩頭，叫她好好跟花子聊聊。

其實郭岳洋心裡有說不上來的羨慕，居然可以這麼輕易的見到都市傳說！

但這個花子目前感覺很正常啊，就是個小女孩……一個身世堪憐的小女生，不

過——

「你們還是要留意，都市傳說是屬於無理由無差別攻擊的，什麼時候觸犯到他們的地雷很難說。」他巧妙的一邊說、一邊用眼神示意花子。

「我知道，所以都會先召喚再靠近。」汪聿芃一副好學生模樣。

嗯，關鍵不是這個，照理說……應該不要動不動就召喚花子吧！

「而且給她看點好的吧，海綿寶寶適合小朋友看嗎？」郭岳洋覺得自己像老人家，開始碎碎唸了。

「咦？不適合嗎？」汪聿芃還一臉錯愕，「難道我要放巧虎？」

郭岳洋立刻瞄向童胤恒，說話啊！

童胤恒搖搖頭，一臉不關他的事的模樣，他只是陪著一起來，以防花子突然變身成凶殘都市傳說時，好及時拖走汪聿芃而已。

「那不然我給妳看吹風機豬小妹好了。」汪聿芃滑著手機，花子一臉期待。

郭岳洋看著這一幕，忍不住揚起嘴角……唉唉，夏天，你知道嗎？學校裡的廁所裡就有花子耶，而且呼喚她不但會回應，還能這麼近的與她交流。

如果你還在學校，說不定還會問花子能不能出來玩呢！

「學長要不要吃一點？」童胤恒大方的遞過滷味。

「哇……好懷念喔！」郭岳洋上前拿過籤子，「那我就不客氣囉！」

「盡量！」童胤恒望著他，「學長果然是社會人士了！」

「嗯？」

「衣著打扮，還有……整體感覺，剛剛一開始見到學長，還有股疲憊感呢！」

童胤恒回憶著當年在高中時見到的郭岳洋，氣質截然不同了，「不過幸好，現在又恢復成那個洋洋學長了！」

郭岳洋咬著筊白筍硬是愣了幾秒，「洋洋學長什麼東西！郭、學、長！」

「是是是，郭學長！」童胤恒趕緊改口。

「都說我成熟多了，洋洋洋洋這樣叫你眞心不覺得奇怪？」郭岳洋嘖嘖不止，「都是夏天那傢伙，一天到晚就一直洋洋洋洋的叫！」

嗯？正在看手機的花子猛然抬頭，一雙眼盯著外頭的郭岳洋。

童胤恒眼睛從未離開過花子，見她神情丕變，立刻衝進去抓住汪聿芃的衣服往外拖！

「喂喂……幹什麼？」汪聿芃措手不及，她手機還在地上耶！

「花子怪怪的。」童胤恒謹愼的擰眉，郭岳洋也提高警戒回首。

花子走到了廁所門口，幾乎逼近了只要再跨出一公分就會踏出外面的地步。

『洋洋？』小小的手，抬起指向了郭岳洋。

郭岳洋屏息以待，他現在應該要回答廁所裡的花子說：「我在」嗎？

『……聖誕快樂。』花子用童稚的聲音說著。

「呃……聖誕快樂？」郭岳洋嚥了口口水，咬牙朝旁邊問，「她怎麼知道我名字？」

「你們剛剛不是在旁邊說話嗎！」汪聿芃嘟嘴，「我都有聽見啊！」

「不是，我意思是說，她爲什麼獨獨跟我說聖誕快樂，我們不熟吧？」要講，也是對汪聿芃才對？

『車上，我很好，你放心。』花子驀地吐出了三個單詞，郭岳洋倏地看向她。

「妳剛說了什麼？」郭岳洋詫異不已，「誰很好？」

花子帶著點害怕的往廁間裡跑，「他很好。」

「誰？是誰讓妳轉告的？」他激動的上前，童胤恒伸長手抓住他。

「學長，不要進去！」大家都知道都市傳說有風險，學長就不該貿進！

不！花子她在爲誰轉話對不對？是夏天吧，在車上的就只有夏天！

「花子！等一下！」郭岳洋依然焦急的想進入，但花子卻飛快的奔回裡頭的廁間，啪的關上門，「花子！」

喔喔，汪聿芃有些吃驚，花子還沒有這麼沒禮貌過耶，平常都會說再見的啊！

廁間的門砰的關上，下一秒再度彈開，但女廁裡已安靜無聲。

郭岳洋看著夜晚的廁所，深吸一口氣：「花子，妳在嗎？」

沒有回應。

汪聿芃從容的上前，彎身拾起門前的手機，「花子走了吧。」

「就這樣？」郭岳洋無法接受，「她話不能說一半就跑啊！」

汪聿芃聳聳肩，她直接踏進女廁裡，將廁間門拉開讓郭岳洋看個仔細，「學長，她也不是每次都叫得出來的，人家好歹是廁所裡的花子耶，當然隨心所欲啊！」

郭岳洋失望的垂下肩頭，童胤恒鬆開手，只能拍拍他的肩頭。

「花子很少說話的，學長聽聽就好了吧！」他倒是中肯，「反正你也是想知道夏天學長過得好不好啊！」

郭岳洋狐疑的回頭望向他，「所以……你也覺得她在說夏天？」

「呃……我只是覺得，他們可能互相有什麼聯繫管道之類的。」童胤恒很難去解釋這種事，反正幽靈船上的那個男生提到夏天學長時，態度就很差啊！

「聖誕……快樂啊！」郭岳洋忍不住看向廁所，「你也快樂，夏天。」

難掩心情的激動，心跳得極快，郭岳洋萬萬沒想到，那遠在如月車站、另一個世界的夏天，竟能用這種方式轉達聖誕祝福。

花子離開後，汪聿芃就嚷著要走，問郭岳洋要不要跟他們去吃其他東西，晚上「都市傳說社」有開趴呢！

「不必了，我明天還要上班呢！」郭岳洋只有婉拒，「我只是回來看看，沒想到竟然有這麼意外的收穫。」

「學長上班之後，就沒有再遇上都市傳說了嗎？」汪聿芃居然用一種好可惜的口吻說道。

童胤恒忍不住用手肘戳了她一下，幹嘛哪壺不開提哪壺啦！

「還眞的沒有……我一直在期待呢！」郭岳洋失聲而笑，「你們知道上班族最期待發生什麼都市傳說嗎？」

兩個學弟妹認眞的思考著，上班族有限定的都市傳說嗎？怎樣一時腦子裡搜尋不到，只能搖頭。

「準時下班。」郭岳洋兩手一攤。

……噗！童胤恒眞忍不住笑了起來，「厚！學長！」

「能準時下班這件事本身就是都市傳說啦！」郭岳洋可一點都不誇張，「好了，我也該走了，你們呢……凡事還是要小心一點。」

「知道。」童胤恒禮貌頷首。

「今晚是聖誕夜，記得要當個好孩子啊！」郭岳洋意有所指，上次平安夜遇到「聖誕老人」，簡直是血流成河。

汪聿芃自然記得學長們遇到的聖誕老人，有點肅然起敬的模樣，「我哪知道我是好孩子還是壞孩子……怪可怕的。」

「我只希望不要遇到那位聖誕老人。」童胤恒由衷的說，一點點芝麻小事就會被當成壞孩子了，壞孩子可是會被取走身上某樣東西啊！

頭，也是身上的東西啊！天哪！

「Merry X'mas！」郭岳洋朝著反方向離開，向他們揮了揮手。

「Merry X'mas！」兩個人異口同聲喊著，對郭岳洋道再見。

望著遠去的背影，童胤恒覺得心情複雜，畢竟是創社元老，而且也是歷經多種都市傳說卻還活著的人哪。

但，成爲社會人士後，那股活力似乎都被現實所摧毀了。

「欸，你想不想見見聖誕老人？」才旋身，汪聿芃提出了很要不得的問題。

「完、全、不、想！」童胤恒根本秒答，「妳不要想做什麼壞事讓聖誕老人出現啊！」

「……奇怪，我可以做好事啊！」汪聿芃很認眞的開始思考，「我們可以去——」

「我拜託妳不要想了！快點走吧！約好八點半要到社團開聖誕趴的！」童胤恒哪給她思考的機會，天曉得她又會想出什麼亂七八糟的東西。

而另一頭的郭岳洋，走著熟悉的路回到山下，與上山時的惆悵不同，腳步變得輕快，心情也飛揚許多。

想著謎樣的都市傳說或許有著謎樣的世界，他多想再接觸一次……不，無數次。

還是他在公司也成立一個都市傳說社？這好像有困難啊，公司沒有這個機制，而且人啊，長大之後，似乎就不再對這種事情熱衷，膽子也越來越小，在公司做這種事有點自找麻煩。

眞是矛盾的心情，明知道都市傳說的危險，但還是想要再遇到。

到了輕軌站，走上數階後的郭岳洋突然頓住，他下意識的朝左邊的縫隙瞅去，遲疑數秒後便走下樓梯，往輕軌站後方的停車場走去；雖是學校附近的輕軌站，但人潮依舊不少，站內外都十分熱鬧，更別說這停滿的停車場了。

這一區是機車停車場，汽車區塊則再遠一點……走在廊裡的郭岳洋到廊下的一張椅子邊，再看向外頭方形腹地。

時間過得好快，那時坐在這裡的瓊儀姐姐……應該是瓊儀學姐，打扮入時，捧著一碗粥，還有另一個也很漂亮開朗的明雪學姐坐在她身邊。

走出廊下來到停車場，他甚至記得那天是暑假，所以幾乎沒什麼車，大家的車就停在……皮鞋踏了兩下地，這裡吧。

住在夏天家隔壁的伯原哥，還有明仔哥，他跟夏天當時被許多山難新聞吸引，好想好想見見所謂的「魔神仔」，想知道魔神仔是如何誘騙人？想知道魔神仔是怎樣挑選人？更想知道許多熟識山路的人，究竟如何會輕易的就迷失方向呢？

所以硬盧著跟伯原哥的朋友們一起登山，一心期待著說不定有機會可以看見魔神仔，那時他們才要升高中，完全是中二死小孩最佳代表，完全沒有去思考過——遇到魔神仔代表什麼。

從頭到尾只有興奮，即使早就發現疑似有魔神仔的出現，他們都選擇默不作聲，因爲他們就是想知道啊！想知道魔神仔到底想幹什麼！

最後，所有人在暴雨中遭逢了土石流，只有他跟夏天逃出生天，他們能逃過一劫的原因也正是因爲對魔神仔的好奇，想知道在夜晚的山路中，是否還能瞧見更多……眞的是完全不知恐懼爲何物的年代啊！

嗯，是說後幾年也沒有在怕啦，但至少他跟夏天已經會幫助遇到都市傳說的人了！

叮叮……詭異的鈴聲陡然響起，郭岳洋倏地僵直了背脊。

他——聽過這個聲音！那鈴聲根本不可能忘記，就算世界上有無數個鈴鐺，清脆帶著節奏的鈴聲，伴隨著風，然後是鹿蹄踏地的聲響！

聖誕老人！

怎麼可能！郭岳洋不敢回身，他滿腦子都在轉著不可能不可能，都市傳說是可以一直這樣遇到的嗎？尤其這是凶狠的都市傳說耶！

進社會後誰還會是「好孩子」啊，不對啊，他們早就不是孩子了不是嗎？聖誕老人又跑來做什麼？

冷汗直冒，他聽見沉重的步伐走出走廊，並且一步步往他這裡走來。

冷靜，他得好好思考……如果等等要怎樣回答聖誕老人問題，或是該怎樣逃呢？這輕軌站他熟到不能再熟了，他也不是第一次在站裡奔跑，必須先想好路線，才能知道怎樣——

染著鮮血的巨斧倏地出現在他眼角餘光，郭岳洋收緊下顎，瞄著滴落地上的紅色鮮血，嘘。

然後一個禮物盒就這麼遞了過來。

「……」他大膽的向左看去，果然是那個一點都令人不想懷念的聖誕老人，「謝謝。」

「聖誕快樂。」沒有變的低沉聲音，壯碩的身材，還有那未曾稍減的騰騰殺氣。

聖誕老人沒有多餘動作，將禮物給他後便旋身離去，沒有問他是好孩子還是壞孩子，一句話都沒多說；郭岳洋回身，看著紅色的身影輕快的上了雪橇，伴隨著鈴鐺聲，雪橇前行兩步後便離開地面，飛向空中。

看著地板上的血漬，看來今年又是一個不平靜的平安夜啊……郭岳洋仰望著越來越遠的雪橇，今年又是哪個極壞的孩子，惹得聖誕老人不高興？

呵，打開新聞，每天都有層出不窮的「壞孩子」吧！聖誕老人辛苦了，一年一趟要把這些壞孩子全數解決！明天的新聞裡，大概又是滿滿的血案了！

掂著手上的禮盒，紅色的包裝紙佐上金色的緞帶，沒想到聖誕老人的包裝今

年更加細膩了，郭岳洋遲疑著拉開緞帶，應該不會這麼厲害，有那種打開包裝就爆炸這樣「別出心裁」的禮物吧！

但不管風險有多大，他一定會拆。

盒子非常輕，輕到他連搖晃都沒什麼聲音，戰戰兢兢的打開盒蓋——

那是一張如月車站車票。

郭岳洋呆望著躺在盒底的那張車票，淚水迅速盈眶滴落，落在了票卡的上頭。

他趕緊抹去淚水，用微顫的手拿起那張車票，用袖子吸乾上頭的淚水，仔細端詳那張車票。

如月車站的車票他怎樣會不認得！那年他們好不容易才從車站逃回現世的，只是這張車票顏色不太一樣，呈現一抹淡橘色，上頭依然印有「きさらぎ駅」的字樣，但沒有目的地。

翻轉車票，郭岳洋忍不住笑了起來，車票的右下角，手繪了一個太陽。

夏天，夏天……郭岳洋泛出喜悅的笑容，好整以暇的將車票收進卡匣裡，放進胸口襯衫的口袋，這張他會好好的供起來，貼身攜帶，哪一天如果有緣份，才能去看夏天。

順手將包裝紙扔進垃圾桶，郭岳洋的腳步變得極其輕快，沉悶的情緒一掃而空，上班族的疲憊與責任也變得不再令人厭惡。

他是連同夏天的份一起努力的生活，搞不好明天他會再遇上裂嘴女，也說不定意外再進入消失的房間，都市傳說這麼的隨機，其迷人之處，就是這不經意的「偶遇」嘛！

踏上月台，他仍掩不住笑，眞的說不定哪天他能跟汪聿芃一樣，不僅看見如月列車經過，還能再次回到如月車站。

這次他當然不會怕，因爲……郭岳洋按住胸口的口袋，按著裡面那個卡匣。

因爲他有了如月車站的通行票。

終生有效。

後記

我想甚至是今年初，都沒有想到《詭屋》會以這種形式出版。

《詭屋》初稿約寫於二〇〇八年，記得原稿雛型的主角是他社禁忌系列的阿呆，不過由於當年在許多曲折下及文筆不好被退稿，所以靜靜的躺在資料夾裡；二〇〇九年時重新修改，並且把主角換掉，也調整了內文所有角色個性，但那時許多系列在進行，沒有它安身的地方，也就繼續讓它休養。

直到今年，二〇一七，由於某電子書城有小額自費印刷的服務，我私心想將一些絕版品或喜愛的作品印出收藏，而奇幻基地的編輯聽到這個消息，便問我要稿子看看，有沒有再改編的可能性。

於是乎，《詭屋》第三次調整，畢竟已經快十年的事情，回頭看過去稿子只能用不忍卒睹來形容，這次算是大修，但在修改之餘又不希望將過去的痕跡抹滅，完全處在一個矛盾的狀態下，著實不好修。

最後，誕生了一個與都市傳說相連結、保有過去不甚成熟的筆風，再加了點飾潤與新篇幅的「都市傳說特典」。

或許可以稱之爲一種源起吧，關於熱愛都市傳說的人們，當年第一個遇到的都市傳說是怎麼樣的？又發生了什麼事呢？

而《詭屋》裡的人們前一刻還是普通的學生或社會新鮮人，大家都有著美好的未來，但世事難料，想做的事情、想說的話眞的要把握機會，誰也不知道自己是否還有「明天」或是「以後」？

既然扯到了源起，那我們可以順便談談未來，在特典裡什麼天馬行空都能寫啊！所以如月車站後，都市傳說社團怎麼了？最重要的是，回來的人們怎麼了？

我的角色都會長大，當畢業後離開校園，成爲社會人士的元老們過著什麼樣的生活呢？失去總角之交的郭岳洋，心靈上缺失的一角對他又會有怎麼樣的影響？最重要的是——都市傳說呢？他一樣那麼熱愛著都市傳說嗎？

都市傳說第一本特典，並不那麼著墨於都市傳說，說說過去，聊聊角色的日常生活，還希望您會喜歡。

最後，由衷感謝購本此書的您，在書市惡劣及大環境極差的情況下，謝謝您用最實際的行動支持創作者，這是最直接有效的動力，讓我們能繼續寫下去。

笭菁

境外之城 075

都市傳說 特典：詭屋

作　　者／笭菁
企畫選書人／張世國
責任編輯／張世國
發　行　人／何飛鵬
副總編輯／王雪莉
業務經理／李振東
業務主任／范光杰
行銷企劃／周丹蘋
法律顧問／元禾法律事務所　王子文律師
出版／奇幻基地出版
城邦文化事業股份有限公司
台北市 115 南港區昆陽街 16 號 4 樓
電話：(02)25007008　　傳眞：(02)25027676
網址：www.ffoundation.com.tw
e-mail：ffoundation@cite.com.tw
發行／英屬蓋曼群島商家庭傳媒股份有限公司城邦分公司
台北市 115 南港區昆陽街 16 號 8 樓
書虫客服服務專線：(02)25007718・(02)25007719
24 小時傳眞服務：(02)25170999・(02)25001991
服務時間：週一至週五09:30-12:00・13:30-17:00
郵撥帳號：19863813　　戶名：書虫股份有限公司
讀者服務信箱 E-mail：service@readingclub.com.tw
歡迎光臨城邦讀書花園 網址：www.cite.com.tw
香港發行所／城邦（香港）出版集團有限公司
香港灣仔駱克道 193 號東超商業中心 1 樓
電話：(852) 2508-6231 傳眞：(852) 2578-9337
馬新發行所／城邦（馬新）出版集團
【Cite(M)Sdn. Bhd.(458372U)】
11, Jalan 30D/146, Desa Tasik,
Sungai Besi, 57000 Kuala Lumpur, Malaysia.
電話：(603) 90578822　　傳眞：(603) 90576622

封面內頁插畫／豆花
封面設計／宇陞視覺工作室
排　　版／極翔企業有限公司
印　　刷／高典印刷有限公司
■2017 年（民 106）12月5日初版一刷
■2024 年（民 113）7月8日初版11.5刷
售價／280元

國家圖書館出版品預行編目資料

都市傳說特典：詭屋／笭菁著 .-- 初版 .-- 台北市：奇幻基地出版；家庭傳媒城邦分公司發行；2017.12（民106.12）
面： 公分. –（境外之城：75）
ISBN 978-986-95634-1-3（平裝）

857.7　　106019553

ISBN 978-986-95634-1-3
Printed in Taiwan.

廣　告　回　函
北區郵政管理登記證
台北廣字第000791號
郵資已付，免貼郵票

104台北市民生東路二段141號11樓

英屬蓋曼群島商家庭傳媒股份有限公司城邦分公司 收

請沿虛線對摺，謝謝

每個人都有一本奇幻文學的啓蒙書

奇幻基地官網：http://www.ffoundation.com.tw
奇幻基地粉絲團：http://www.facebook.com/ffoundation

書號：**1HO075**　　書名：都市傳說 特典：詭屋

15
annual

奇幻基地15周年龍來瘋慶典

集點好禮獎不完！還可抽未來6個月新書免費看！

活動期間，購買奇幻基地作品，剪下回函卡右下角點數，集滿點數，寄回本公司即可兌換獎品&參加抽獎！

集點兌換辦法

2016年6月起至2017年12月20日前（郵戳為憑），奇幻基地出版之新書，剪下回函卡右下角點數，集滿點數貼至右邊集點處，寄回奇幻基地，即可兌換贈品（兌換完為止），並可參加抽獎。

集點兌換獎品說明

5點：「奇幻龍」書擋一個（寬8x高15cm，壓克力材質）

10點：王者之路T恤一件（可指定尺寸S、M、L）

回函卡抽獎說明

1.寄回集滿5點或10點的回函卡，皆可參加抽獎活動！回函卡可累計，每張尚未被抽中的回函卡皆可參加抽獎。寄越多，中獎機率越高！

2.開獎日：2016年12月31日（限額5人）、2017年5月31日（限額10人）、2017年12月31日（限額10人），共抽三次。

回函卡抽獎贈書說明

中獎後，未來6個月每月免費提供奇幻基地當月新書一本！

(每月1冊，共6冊。不可指定品項。)

特別說明：

1.請以正楷書寫回函卡資料，若字跡潦草無法辨識，視同棄權。

2.本活動限台澎金馬。

【集點處】

1	6
2	7
3	8
4	9
5	10

（點數與回函卡皆影印無效）

個人資料：

姓名：______________________ 性別：□男 □女

地址：______________________

電話：______________________ email：______________________

想對奇幻基地說的話：______________________

____

請剪下右側點數，貼於集點處，集滿5點以上，即可寄回兌換抽獎